윤당 김태연

(사)세계기독교차문화협회 교육원장
(사)한국차인연합회 고문 및 다경회 회장
(사)한국차인연합회 다도대학원 교수
일양차문화 연구원 교육원장
찻자리연구가(Tea table setting Maestro)
창작 다례 연구가
茶花연구가

1968년 현대 꽃꽂이 잎사귀회 입문
1973년 잎사귀회 1급 사범 취득
1974년 태연 꽃꽂이 학원 개원 – 부산 양정
1978년 한국 부인다도회 창립 (부산)
1980년 (사)한국차인회 부산지부 다화원 개원
1981년 (사)한국차인연합회 다경회 지회 등록
1999년 (사)세계기독교차문화협회 창립

〈수상〉
제1회 올해의 茶人賞 수상 (2001년)
제16회 초의상 수상 (2007년)

〈저서〉
다화 (2008)
한국의 아름다운 찻자리 (2009)
한국의 새로운 행다례25 (박천현 공저, 2010)
한국의 차인열전 (2012)
한국의 아름다운 찻자리2 (2013)

潤堂 金泰延

(社)世界基督敎茶文化協會 敎育院長
(社)韓國茶人聯合會 顧問, 茶敬會 會長
(社)韓國茶人聯合會 茶道大學院 敎授
一羊茶文化硏究院 敎育院長
茶席硏究家(Tea table setting Maestro)
創作茶禮 硏究家
茶花 硏究家

1968年 花叶艺会 入門
1973年 花叶艺会 1級 師範 取得
1974年 泰延花叶艺學院 開院(釜山)
1978年 韓國婦人茶道會 創立(釜山)
1980年 (社)韓國茶人會 釜山支部 茶花院 開院
1981年 (社)韓國茶人聯合會 茶敬會 支會 登錄
1999年 (社)世界基督敎茶文化協會 創立

〈受賞〉
第1回 今年茶人賞 受賞(2001)
第16回 草衣賞 受賞(2007)

〈著書〉
茶花(2008)
韓國 茶席(2009)
韓國 行茶禮 25(2010)
韓國 茶人列傳(2012)
韓國 茶席 2(2013)

四季節茶花

사계절다화

四季節茶花

潤堂 金泰延

이른아침

중정(中正)의 다도와 찻자리 꽃

一羊 朴天鉉

수많은 기호음료 가운데 차가 유독 귀한 대접을 받는 것은, 이것이 단순한 해갈의 음료가 아니라 거기에 인간의 가장 고결한 정신이 담겨 있기 때문입니다. 차를 공부하는 차인들은 한 잔의 차를 앞에 놓고 자신의 삶과 철학을 담금질하고, 한 잔의 차를 정성껏 우려서 상대에게 대접하며 더없이 높은 공경의 마음과 더없이 낮은 겸양의 미덕을 배웁니다. 이처럼 고귀한 정신세계를 담고 있기에 차에는 단순한 기술을 넘어서는 예절과 법도가 생겨나게 되었고, 이를 일러 흔히 다도(茶道)라고 합니다. 이러한 차의 정신, 곧 다도를 외면하고 마시는 차는 단순한 해갈의 음료 이상이 되기 어렵고, 이는 고된 일을 하는 중간에 땀을 식히기 위해 마시는 냉수와 크게 다를 것이 없습니다. 고된 노동의 와중에 마시는 냉수나 막걸리는 그 자체로 의미가 작은 것은 아니지만, 차를 이렇게만 대한다면 인류의 가장 고귀하고 심오한 정신세계를 담고 있는 차의 진면목은 영영 맛보기 어려울 것입니다.

그렇다면 차의 진면목을 맛보고, 또 이를 함께 자리한 벗들과 나누기 위해 가장 필요한 것은 무엇일까요? 바로 정성(精誠)입니다. 일생에 단 한 번밖에 맛볼 수 없는, 세상에서 가장 향기롭고 아름다운 차를 우려서 나 자신과 상대에게 대접하려는 정성 말입니다. 이를 위해서는 당연히 적지 않은 노력이 요구됩니다. 다실, 차, 다구, 물, 다식 등 하나의 찻자리에 소용되는 모든

中正的茶道和茶花

在许多的饮料当中，唯独茶最受款待是因为茶不是单纯的饮料，其中包含着人间很多的高贵的精神。学习茶艺的人端一杯茶，把自己的人生融入到哲学中淬火缎制，以自己的真诚的茶水端给别人的时候，人们就会开始学会无比的恭敬与谦让的美德。因为茶有这种高贵的精神世界，所以超过简单的茶道有了茶艺和谦让的茶道。我们把这个称之为茶道。如果我们忽视这种茶道喝茶，茶只能起到简单的解渴作用，给从事繁重的体力劳动者提供一杯清凉饮料没有什么差区别。虽然我们并不忽视给体力劳动者带来解渴的清凉冷饮和米酒，但是如果只是这样的态度对待茶，也就很难体味到包含人类真正品质的茶的味道。

那么，和众位论茶的目的是什么？那就是"精诚"。也就是一生中只有那么一次的品茶机会，而且是在最有香气，最好的茶的情况下，每个人都以真诚的态度对待斟茶的"精诚"。为此当然不可缺少努力，所以必须对茶具、茶、茶室、茶食等特别费心事。就是在今天是给对方斟茶的唯一机会的这样心境下施行才会发生效用。即使这样也不需要准备什么昂贵的茶或者高贵的茶具，而是韩国茶的精神本身就是

요소들에 대해 신경을 쓰지 않을 수 없습니다. 그것도 최고로 신경을 써야 합니다. 바로 오늘 이 자리가 아니고는 상대에게 더 이상 차를 대접할 기회가 없다는 마음으로 최선을 다해야 합니다. 그렇다고 세상에서 가장 비싼 차가 필요하다거나, 세상에서 가장 고급스런 다구가 필요하다는 말은 아닙니다. 우리 차의 정신을 한 마디로 중정(中正)이라고 하는데, 이는 부족하지도 넘치지도 않는 최선의 상태를 말합니다. 내면의 정성이 부족해도 안 되고 외부로 표현되는 일체의 것들이 과해서도 안 됩니다. 부족하면 2류요 넘치면 3류가 됩니다. 그러니 다도의 진정한 경지에 들기가 어렵고 중정의 참모습을 실천하기도 참으로 쉽지 않습니다.

중정을 핵심으로 하는 우리 다도의 모습을 시각적으로 가장 여실히 보여주는 것이 바로 찻자리에 놓인 한 송이의 꽃, 곧 다화(茶花)입니다. 꽃이 빠진 찻자리는 속된 말로 앙꼬 없는 찐빵이니, 이를 제대로 된 찻자리라고 부르기도 민망합니다. 꽃이 있기는 하되 소박함만을 강조하여 너무 볼품이 없으면 그만큼 정성이 부족해 보입니다. 그렇다고 찻자리 꽃을 너무 현란하고 크게 하면 찻자리만의 고아한 정취를 살리기는커녕 전체적인 분위기를 싸구려로 만듭니다. 역시 부족하면 2류요 넘치면 3류입니다.

이처럼 다화는 문자 그대로 찻자리의 꽃이자 중정의 다도정신을 가장 시각적으로 보여주는 지표입니다. 조금 과장해서 말한다면 찻자리의 핵심이 다화요, 찻자리의 정성을 가늠할 수 있는 척도가 다화이며, 그 찻자리의 성패를 시작단계부터 여실히 보여주는 존재가 다화입니다. 사정이 이런데도 여전히 많은 차인들이 차와 다구만 중요하게 여기고 다화의 중요성을 종종 망각하곤 하는 것은 매우 안타까운 일이 아닐 수 없습니다. 차의 진정한 맛은 얼마짜리 차를 얼마짜리 그릇에 우려내는가에 달린 것이 아니니, 이제라도 차인들이 찻자리의 핵심 가운데 하나인

中正，就是指不缺少也不溢出的恰到好处的最佳状况。即不能缺少内心的真诚也不能外漏的表现洋溢，不足乃 2流也，溢出乃3流也。所以，很难进入茶道的真正的境界，实现中正的真面目也是很难做到。

以中正为中心给大家看的视觉上的茶道就是茶席上的一朵花，即茶花。缺了花的茶席就好像缺了什么似的感觉，即使有花也是只强调花的朴实，那么也是缺乏真诚缺乏精致，再说如果，把茶席上的花点缀得太华丽了也对提高高雅的茶席氛围有所影响。也是不足乃二流也，溢出乃三流也。

如此这般，茶花是茶席的花的同时，也是表现中正的茶花精神的指标。如果再夸张一点说茶座的核心就是茶花，用于表示茶席的盛情与款待的指标，也是从起初开

다화의 세계에 보다 진지하게 관심을 가지고 정진하기를 염원하는 마음을 담아 이 책을 세상에 내어놓습니다. 나름대로 중정의 철학과 정성을 담아 마련한 작품들이나 여전히 부족하고 아쉬운 점들이 보입니다. 부족했던 찻자리의 뒤끝을 아쉽게 정리하는 마음으로, 앞으로 더욱 정진할 것을 약속드립니다.

2015년 신춘에
(사)세계기독교차문화협회 · 일양차문화연구원 회장
일양(一羊) 박천현(朴天鉉)

始提醒大家茶座胜负的指标。即使情况是这样，还有很多的茶人只重视茶和茶具，忘却了茶花，这实在是太可惜的事情。茶的真正的味道并不是用了多么有名的茶，用了多么昂贵的茶具，他的真正价值在于希望更多的茶人对茶席之一的茶花更感兴趣才出版此书的。努力做到把中正的哲学融入于作品之中，但还有许多惋惜之处。在关于茶席整理不足的心智状态下，我会将一直专著于茶花之道。

2015年 春天
世界基督教茶文化协会·一羊茶文化研究院 会长
一羊 朴天铉

다화일여(茶花一如)

丽泉 文想林

이 책을 내는 윤당(潤堂) 김태연(金泰延)은 1968년부터 제가 이끌던 '입사귀회'에 입회하여 꽃을 공부한 저의 제자입니다. 벌써 47년의 세월이 흘렀고, 그 사이 김태연 선생은 꽃꽂이 분야는 물론 우리나라의 1세대 차인으로 그 명성을 드날려왔습니다. 비록 차의 심오하고 드넓은 세계를 저도 잘 알고 있지만, 이 책의 저자 김태연 선생이 우리 현대 차문화의 발전에 얼마나 심혈을 기울여 왔는지는 누구보다 잘 알고 있습니다. 특히 한국차인연합회의 초창기 멤버로 활동하며 부실하기 그지없던 7,80년대의 우리 차문화를 위해 헌신한 일들이며, 이후 세계기독교차문화협회를 결성하여 부군인 박천현 회장과 함께 우리나라 기독교계에 차의 바람을 일으킨 일은 저뿐만 아니라 역사가 생생하게 기억하고 있습니다.

김태연 선생은 또 차와 꽃, 꽃과 차의 두 분야에서 동시에 전문가의 자리에 올라선 인물로도 잘 알려져 있습니다. 처음 시작은 꽃이었으나 이내 차의 세계에 빠져 들었고, 차의 세계에 있으면서도 꽃의 세계를 떠난 적이 없습니다. 그 결과 차의 명인이자 꽃의 명인이 되었으니, 다화(茶花)에 관하여 그가 우리나라에서 매우 독보적인 존재임은 더 부연할 것이 없을 것입니다. 꽃의 넓이와 차의 깊이를 두루 융합하여 다화라는 세계에서 크게 일가를 이룬 김태연 선생의 이야기를 듣게 될 때마다 스승으로서 큰 보람과 즐거움, 부러움을 느끼지 않을 수 없습니다.

茶花一如

　　出版此书的润堂金泰延女士是从1968年开始在由我所开办的"花叶艺会"学院学习的我的学生。

　　已经过了47年的岁月，期间金泰延女士作为我国插花领域的第一代茶人弘扬了名声。虽然我也知道茶的深奥与其宽广的世界，但是，我比谁都清楚这本书的作者金泰延女士为了我们国家茶文化的发扬光大呕尽了心血。特别是作为初创时期的韩国茶人文化联合会的成员为了扶植七八十年代那简陋的茶文化她以其献身精神做了许许多多的事情，之后与夫君朴天铉会长一起创办了世界基督教茶文化协会并发扬了我们国家基督教茶文化，被大家众所周知。

　　金泰延女士又是在茶与花这两个领域同时晋升为专业人士，刚开始是花，但是，又马上被茶所吸引，进入到茶的领域，她即使身在茶的领域也没有离开过花的领域，结果不仅在茶的领域而且也在花的领域成了名人，可想而知，她在这个领域是一枝独秀。花的广域和茶的深度融合为一体称为"茶花"，当我听到她在世界上独称一家的时候，我深感欣慰，高兴与羡慕。禅家的诗僧们论"茶禅一味"，做茶花

　선가(禪家)의 스님들은 다선일미를 말합니다만, 꽃을 하는 사람들은 다화일여(茶花一如)를 주창합니다. 자연의 아름다움을 추구하되, 자연 그대로가 아니라 인공의 솜씨와 심오한 철학의 경지를 또한 반영한다는 측면에서 차와 꽃은 둘이 아닌 하나입니다. 그리고 이를 평생 몸으로 실천하고 가르쳐온 또 하나의 살아 있는 꽃이 바로 윤당 김태연입니다.

　모쪼록 많은 차인들과 꽃 전문가들이 이 책을 통해 다화일여의 경지를 체험하게 되기를 두 손 모아 기도드립니다.

한국꽃꽂이협회 제8대 이사장

잎사귀회 중앙회장

여천(麗泉) 문상림(文想林)

的人论"茶花一如"。追求自然美的同时，加上人工创艺，在反映深奥的哲学境界方面茶和花不是两家，而是一家。把毕生的时间交给了实践和赐教方面的润堂金泰延女士，就是一朵香溢四射的花。

希望更多的茶人和花的专家们通过此书理解和体验"茶花一如"的境界。

韩国插话协议会第八代理事长

花叶艺会中央会长

丽泉 文想林

다화는 검은 백조를 찾아가는 여정

潤堂 金泰延

　필자는 40년 넘게 차와 꽃을 벗하며 살아왔다. 차 마시며 꽃을 다듬고, 꽃을 꽂으며 차를 마셨다. 40년이 넘었으니 이제는 좀 이력이 붙어서 둘 다 쉬워질 법도 한데, 사실은 전혀 그렇지가 않다. 한 잔의 차를 우리는 일도, 그때그때의 상황에 맞추어 찻자리를 만들고 다화 하나를 꽂는 일도 여전히 어렵기만 하다.

　"전문가인 선생님이 어렵다고 그러시면 초보인 저희는 어쩌란 말씀이신지?"

　차도 꽃도 어렵다고 토로할 때마다 제자들의 푸념 아닌 푸념이 이어진다. 갈 길이 더욱 막막하게 느껴지는 것임을 나라고 왜 모르겠는가. 그러나 쉬운 것은 쉬운 것이고 어려운 것은 어려운 것이다. 어려운 것을 쉽다고 말하는 법을 나는 배우지 못했다.

　그렇다면 40년 넘게, 하루도 거르지 않고 해온 차며 꽃이 여전히 이다지도 어렵게만 느껴지는 이유는 무엇일까? 한 마디로 차는 술(術)이 아니라 도(道)요, 꽃은 기능이 아니라 창조의 예술(藝術)이기 때문이다.

차의 정신과 찻자리 꽃

　차의 정신, 혹은 다도(茶道)의 요체는 한두 마디의 필설로 형언키 어렵다. 한두 마디의 단어

14

茶花是寻找黑天鹅的旅程

笔者40多年来与茶和花为友到至今，边喝茶边修花，边插花边喝茶，因为过了40余年所以也应该很容易做到才是，但是，事实上根本不是，即使是喝茶也好，熬茶也好，根据那时的情况不同而要做不同的花，插一朵花仍然是那么的难。

"专家都说难，我们一个初出茅庐的小生们该怎么做才好啊"也有这样说的人。

每当我说起"茶难、花也难"时就会听到弟子们的牢骚。前途一片渺茫，我怎么就不知道，但是，容易的就是容易，难的就是难，我还没有学会把难的东西说成是简单的。

让我们看一看我这么一个人一天也没有休息做的茶花为什么这么难。一句话：茶不是酒，是道，花不是功能，是创造艺术。

茶的精神和茶席花

很难一句话概括茶的精神或者茶花的真谛，如果一两句话就可以说的话，就很难说它是道。什么是茶道如果用一句说白的话，茶如同茶道，是盛在茶具中的一杯水而已。但是，又如果不用语言来陈述的话，就什么都传达不了。所以，非得要说明

로 정의될 수 있는 것이라면 도(道)라 말하기도 어려울 것이다. 다도가 무엇이라고 콕 짚어 말하는 순간 다도는 찻잔에 담긴 맹물이 되고 만다. 그러나 때때로 말로 설명하지 않으면 아무 것도 전달할 수 없는 경우가 생긴다(지금도 그렇다). 이에 무리한 줄 알면서도 다도를 설명해야 할 때 내가 가장 즐겨 쓰는 단어는 정성(精誠)이다. 지극한 마음으로 일찍이 세상에 없던 한 잔의 차를 우려 누군가에게 대접하는 그 정성이야말로 다도의 요체가 아닌가 한다.

그렇다면 차를 우리는 주인의 지극한 정성은 어떻게 표현되고 전달되는가? 찻자리의 전반적인 분위기, 실제 우려진 차의 색향미, 그리고 팽주의 기품과 대화의 내용으로 표현된다. 차를 우리는 사람의 기품이나 대화의 내용에 관하여는 여기서 길게 논할 바가 아니요, 차의 색향미에 관해서라면 나보다 더 전문가들도 적지 않을 터이다. 물론 차와 다구에 맞추어 차를 제대로 우리는 일도 쉬운 것은 아니지만, 수십 년 차 생활을 해온 차인들이라면 저마다의 노하우가 있는 법이다. 이렇게 곁가지를 빼고 나면 찻자리의 전반적인 분위기가 남는다. 이것이 주인의 정성을 가장 여실하게 보여준다는 말이다. 실제로 고아하고 아름다우며 세련되고 정갈한 찻자리야말로 주인의 정성을 가장 가시적으로 보여주는 요소다. 세련되고 아름다우며 그 날 모임의 성격에 잘 어울리는 찻자리의 창조야말로 가장 시각적인 동시에 가장 핵심적인 차 생활의 요체다.

이처럼 중요한 찻자리의 준비에서 빼놓을 수 없는 것이 바로 다화(茶花)다. 다구의 역할이 작은 것은 아니나 특정 찻자리의 '분위기'를 크게 좌우하는 가장 핵심적인 존재가 바로 다화다. 어떤 꽃을 어떤 화병에 얼마나 어떻게 꽂느냐에 따라 찻자리의 분위기가 천차만별로 달라진다. 똑같은 녹차를 마시는 자리라도 무슨 꽃을 꽂느냐에 따라 차의 맛이 달라지고, 똑같은 여름날이라도 어떤 꽃을 꽂느냐에 따라 어울리는 차가 달라진다. 반대로 어떤 차를 마실 것인가에 따라 꽃이 달라지는 것은 물론이다. 계절, 장소, 시간, 찻자리의 목적, 인원수, 차의 종류, 다구의

16

的时候我最常用的一句话就是： "精诚（ =真诚，译者 ）"，以极其精诚的心，把世上未曾有过的茶，精心煮出来端给一个人的时候，以精诚的心做才算是茶道的真谛。

那么，煮茶之人的这种精诚是如何才能表达与传达呢？就是以茶座上的整体的氛围，熬出的茶的色、香、味，还有盟主的气质和对话的内容来传达的。有关熬茶人的气质和对话的内容就不再这里议论了。关于茶的色、香、味，比我高出的专家也不少。当然，要适当做到茶和茶具的完美结合也不是件容易的事，数十年做有关茶的工作的人一般都有各自的经验，把上述的内容去掉之后，剩下的就是喝茶时的整体气氛了，这个最如实地反应主人的真诚。创造一个细致，美好，适合那天聚会性格的喝茶气氛才是最视觉性的，同时也是最核心的茶文化的真谛。

如此重要的茶席准备上不可缺少的就是茶花，茶具的作用也并不小，但是在特定场所中可以很大程度的左右茶席氛围的最核心的存在就是茶花。根据把什么样的花插在什么样的花瓶，插的长度，如何插法等，带出来的气氛将会是千差万别。即使喝一杯同样的绿茶，根据插什么样的花，带出来的感觉会不一样。在同样一个夏天，根据插的花不一样，要配上相适应的茶。反过来，根据喝什么茶，要插上相适应的花也是理所当然的。根据季节、场所、时点、茶的种类、人数、茶席的目的、茶具的种类，喝茶时间等很多的要素与其相结合变化无双，有时确实地给你改变饮茶氛围的就是放在茶席上的一两朵茶花。没有茶花的地方就像是空的茶杯一样给人空洞的感觉。失去美丽的茶席上弄成一个至诚的茶的境界是很难的。

茶花是寻找黑天鹅的创造的过程

就像在世上最甘甜最香气四溢的茶不是单靠技术或者技能做成的一样，像丝绸上的美丽的刺绣酿造成锦上添花的境界的优秀的茶花也不是靠做茶人的技术与技能，

종류, 주어진 시간 등 수많은 요소들과 결부되어 그야말로 변화무쌍하게 달라지고, 또 달라진 만큼 확실하게 분위기를 바꿔주는 존재가 찻자리에 놓인 한두 송이의 꽃이다. 꽃이 놓이지 않은 찻자리는 빈 찻잔만큼이나 공허하다. 아름다움을 상실한 찻자리에서는 차의 지극한 경지를 구하기도 어렵다.

다화는 검은 백조를 찾아가는 창조의 과정

세상에서 가장 달고 향기로운 차가 단순한 기술이나 기능에 의해 만들어지는 것이 아닌 것처럼, 비단 위에 놓인 아름다운 수처럼 찻자리에 금상첨화(錦上添花)의 경지를 만들어주는 훌륭한 다화 역시 기술이나 기능이 아니라 예술적 창조에 의해서만 탄생할 수 있다. 차와 다구를 다루는 차인들의 마음이 도(道)를 지향한다면, 꽃을 대하는 마음은 예술(藝術)을 지향한다. 찻자리의 꽃은 자연에서 얻어진 것이되 자연 그대로의 것은 아니며, 분위기를 살리되 너무 띄워서도 안 된다. 쉽게 말하면 절제된 아름다움을 보여주어야 하고, 조금 어렵게 말하면 중정(中正)의 도에서 벗어나면 안 된다. 작아도 안 되고 커도 안 되며, 볼품이 없어도 안 되고 화려해도 안 된

而是靠艺术性的创造才可以诞生。如果说操理茶具的熬茶人的心志是向往茶道的话，对待茶花之人的心志是向往艺术的。茶席上的花是要从自然中来的，但不能是自然本身的花，要形成气氛，但又不能过渡。简言之，就是要显出节制的美，深入说，就是不能脱离"中正"的道。即不能小，也不能大；既不能太简单，也不能太华丽；既不能不显眼，也不能太显眼；朴素却不能失去品味。就像虽脏却美丽的破衣服一样，又像仍在垃圾桶里的清秀的野花一样，茶花要求其本身带有形容上的矛盾。所以，我有时候跟弟子们说"茶花就像寻找黑天鹅的过程一样"。用言语很难表达，用文字更难形容，说白了，茶花跟是茶一样不愧是求道者的旅程。解答一个虽然启发很多，却没有正确答案的过程就是茶花功课的过程。这怎么会容易呢！

先从培养望茶花做起

即使这样学起来太不容易，但是，站在学习茶、爱茶的立场上又不能冷眼看待的就是茶花。不谈茶花就不能论茶席，凄凉的茶席上不可能有象样的茶。这样的茶席上容纳茶的精神和茶道的空间是相当狭窄的。这就是我克服一切困难写此书的理由之一。就好像为了当一个好的画家，首先要认真欣赏多样的既有的作品一样，读者们翻看此书时，能培养季节、茶和花怎样协调地酿成美丽，细致的茶席的洞察力的话，即使此书上展现的茶花虽然不多，我也能得到莫大的安慰。因为我知道稍有不足比洋溢更为美的道理，所以我把这稍微不足的此书写下来。

过去的2008年我出了第一本"茶花"书之后，正好7年后再次编写了茶花为主题的书。上次出书时，因为是成了论述茶花的国内最初的书的缘故，被过分地评为"嚆矢"之作，所以对此书将会有怎样的叱正，是怀着一份期待一份担忧。

2015年 春三月

润堂 金泰延

다. 눈에 보이지 않아도 안 되고 눈에 너무 띄어도 안 되며, 소박하되 기품을 잃지 말아야 한다. "더럽지만 아름다운 누더기 옷, 쓰레기통에 버려진 청초한 야생화"처럼 다화는 요구조건 자체가 형용모순이다. 그래서 나는 제자들에게 이따금 다화는 '검은 백조를 찾아가는 순례의 여정'과도 같은 것이라고 말하곤 한다. 말로 설명하기 어렵고 글로는 더더욱 어려우니, 말하자면 다화 역시 차와 마찬가지로 구도(救道)의 행각이 아닐 수 없다. 힌트는 많지만 정답은 없는 문제를 풀어가는 과정이 다화 공부의 과정이다. 어찌 쉽다고 하겠는가.

다화 보는 눈부터 길러야한다

이처럼 쉽지 않은 것이 다화라지만, 그렇다고 차를 공부하고 사랑하는 입장에서 결코 외면하고 있을 수만은 없는 존재가 또한 다화다. 꽃을 빼고 찻자리를 논하기 어렵고, 찻자리가 엉성한데 제대로 된 차가 우러날 리 없다. 그런 찻자리라면 차의 정신과 다도가 들어설 자리 또한 지극히 비좁을 것이다. 이것이 어려움을 무릅쓰고 내가 이 책을 내는 이유 가운데 하나다. 좋은 그림을 그리는 화가가 되기 위해서는 우선 이미 있는 다양한 그림들을 열심히 감상해야 하는 것처럼, 독자들이 이 책을 넘기며 계절과 차와 다화가 어떻게 어우러져 보다 아름답고 세련된 찻자리를 만들어내는지 통찰할 수 있는 눈을 기를 수 있다면, 여기 보인 다화들이 비록 모자란 것이라 하더라도 나로서는 큰 위안을 삼을 수 있겠다. 넘치기보다는 모자란 것이 그래도 나음을 알기에 부족함을 무릅쓰고 이에 책을 내는 것이다.

지난 2008년에 첫 번째 『다화(茶花)』책을 출간하고 꼭 7년 만에 찻자리 꽃을 주제로 한 책을 다시 엮었다. 지난 번 책을 낼 때만 해도 다화를 다룬 국내 최초의 책이어서 과분하게도 '효시(嚆矢)'라는 평가를 받을 수 있었는데, 이번 책에는 어떤 질정(叱正)이 따를지 자못 기대 반 걱정 반이다.

2015년 춘삼월
윤당(潤堂) 김태연(金泰延)

20

다화의 이해

다화(茶花)란 무엇인가?

차를 마시기 위해서는 당연히 일정한 공간이 있어야 하는데, 이를 우리는 흔히 찻자리, 혹은 다석(茶席)이라 부른다. 이러한 찻자리는 사실 우리가 생활하는 거의 모든 공간에 만들 수 있다. 차를 위한 전용 공간인 다실(茶室) 외에도 일반 가정의 안방, 거실, 식탁에 찻자리가 마련될 수 있고, 회사의 회의실은 물론 학교의 교실이나 운동장에도 찻자리가 펼쳐질 수 있다. 잔디밭이나 바닷가, 심산유곡에서도 물론 가능하다.

이처럼 어느 곳에서나 가능한 것이 찻자리이긴 하지만, 찻자리가 찻자리로서의 역할을 제대로 수행하기 위해서는 필수적으로 갖추어져야 하는 것들이 있다. 차와 물과 다구가 대표적이다. 이런 기본적인 재료나 도구가 없다면 아예 차를 우려서 마실 수 없으니 애초에 찻자리가 성립하지 않는다.

차와 물과 다구 외에 찻자리의 완성을 위해서는 몇 가지 더 필요한 것들이 있는데, 다식(茶食)이 대표적이다. 일본다도를 하는 차인들의 경우 여기에 족자를 더하고, 찻자리의 품격과 아름다움을 추구하는 사람들의 경우 꽃을 빼놓지 않는다. 이렇게 찻자리의 분위기와 정취를 살리기 위해 장식하는 꽃이 찻자리 꽃, 곧 다화(茶花)다.

다화는 찻자리의 분위기와 고아한 정취를 위해 필요한 것일 뿐만 아니라, 손님을 최고의 예

22

茶花的理解

什么叫茶花

为了喝茶需要有一定的空间，我们把它叫做茶座，或者茶席。这种茶座其实可以在生活的所有空间造成，除了茶室以外，在一般的家庭内室、客厅、餐桌上、公司的会议室、学校、或是草坪上、或者在沙滩上、或者在深山玉林中也可以。

不管什么地方都可以，但是，为了更好的起到其效用，需要一些具备的工具，那就是茶和茶具，如果没有这些基本的工具就不能饮茶。

除了茶和水以外为了完成茶席，还有代表性的就是茶食。日本的茶道还有挂轴，这对追求茶席的风格和品味的人非常重要，还有不可缺少的就是花，这种提高茶席的风格和品位的就是茶花。

茶花不仅是为了提高茶席的高雅风格和品味，同时也是为了表达主人对客人的真诚和最高待遇，所以，具备格式的茶席上不可缺少的就是茶花。没有茶花的茶席就好像是一个没长树木的秃山。山虽是山，但却是，不象山的山。

茶花的特点和美学

利用花和花瓶，通过人工的制作变得很自然又很具有自然美的茶花可以说是插花的一种。不过，虽然做过许多的茶花，但不一定能做好非常适合茶席的茶花。这与

로 대접하고자 하는 주인의 마음을 대변하는 존재다. 그러니 격식을 갖춘 찻자리, 품격과 아름다움을 지향하는 찻자리에는 다화가 빠질 수 없다. 다화가 없는 찻자리란 나무가 자라지 않는 민둥산과 같다. 산은 산이로되 산다운 산은 아니다.

다화의 특징과 미학

꽃과 꽃병을 활용하고, 인공적인 조작을 통하여 자연스럽되 특별한 아름다움을 표현하고자 한다는 점에서 다화는 일차 꽃꽂이의 한 갈래라고 볼 수도 있다. 그러나 꽃꽂이를 많이 해봤다고 해서 찻자리에 가장 잘 어울리는 다화를 구성할 수 있는 것은 아니다. 이는 찻자리의 특성과 관련된 것으로, 간단히 말해 차를 모르고는 다화를 논하기 어렵다. 아무리 화려하고 아름다운 꽃이며 장식이라도 차의 근본정신, 곧 절제와 겸양의 미덕을 갖추지 못하면 다화로서는 실격이다. 차의 정신과 다도의 근본에 충실한 다화라야 참다운 다화로서의 기본 자격을 갖추는 것이며, 따라서 평소 차의 정신과 다도의 근본에 익숙해진 차인이 아니고는 다화를 꾸미기 어렵다.

그러나 차만 잘 안다고 해서 누구나 다화를 쉽게 할 수 있는 것도 아니다. 꽃에 대해서도 잘 알아야 다화를 제대로 할 수 있다. 말하자면 차와 꽃을 동시에 알아야 하고, 둘의 공통점과 차이점을 적절히 활용하고 제어하여 하나로 통일시킬 수 있어야 한다. 다화일여(茶花一如)의 경지에 도달해야 한다는 것이다. 당연히 쉬운 일이 아니고, 쉽지 않기 때문에 추구할 가치가 있는 것이 바로 다화의 세계다.

다화만이 갖는 특징들을 일일이 열거하기는 쉽지 않지만 크게 세 가지만 꼽아본다면 다음과 같다.

첫째, 다화는 찻자리의 포인트가 되지만 주인공은 아니다. 차는 아름다움을 추구하지만 아름다움 자체에 매몰된 것은 진정한 차가 아니다. 따라서 다화는 찻자리 전체의 분위기를 북돋우되 이를 좌지우지할 정도로 크고 화려해서는 안 된다. 형식적인 장식품이 되어서도 안 되지만 오로지 꽃만이 튀어서는 적절한 다화가 되기 어렵다. 그러므로 다화는 절제를 최고의 미덕으로 삼는다.

둘째, 차와 마찬가지로 다화는 자연스러움을 최고의 덕목으로 삼는다. 이것이 다화가 일반 꽃

茶席的特点有关系，简单说就是不知道茶就很难论花，无论多么华丽漂亮的花，如果与茶的根本精神，也就是节制、谦让、美德不谐调的话，就失去了作为茶花的价值了。只有充实于茶的精神的茶花才算是具备了茶花的基本条件。所以，熟悉茶道本质以外的人很难做出真正的茶花。

　　但是，即使斟茶斟得很好，也未必会做茶花，要很熟悉花，也就是既要知道花，又要知道茶，要把两者适当的协调才能将两者统一，即要达到茶花一如的境界。当然这并不是件容易的事情，因为不容易才有其追求的价值，这才是真正的茶花世界。

꽃이와 가장 차별화되는 지점이다. 그런데 자연스러우면서도 아름답기 위해서는 자연 그대로의 미와 더불어 인공적 창조가 필요하다. 계절에 맞는 꽃을 활용하고, 넘치거나 과하지 않게 꽂아야 다화가 완성된다. 이렇게 되기 위해 반드시 필요한 것이 창의력이며, 이러한 창의력은 부단한 훈련과 더불어 깊이 있는 안목을 요구한다. 안목을 키우지 않으면 다화를 제대로 하기 어렵고, 안목을 키우려면 많이 보고 느끼며 실패를 반복해보아야 한다.

셋째, 다화는 시각적인 즐거움을 주는 데 머무르지 않고 사색의 실마리를 제공할 수 있어야 최상이다. 이때의 사색이란 다도가 추구하는 인간의 심오한 정신세계와 연관된 것이고, 따라서 다화는 그 모양이나 색의 시각적 완결성을 넘어서는 사색의 경지를 추구해야 한다. 이것이 곧 다화일여의 경지이고, 서로 다른 차와 꽃이 만나 이루는 신세계가 이로써 가능해진다.

이밖에도 다화는 전체 찻자리와의 조화를 생명으로 하는 것이며, 따라서 찻자리 전체의 분위기를 어떻게 만들 것인지에 따라 그 소재와 형태가 결정된다. 봄이라고 무조건 개나리를 써서는 적절한 다화가 될 수 없고, 웃어른의 생신을 축하하는 찻자리에 빈약한 꽃을 꽂아서는 안 된다. 찻자리의 위치, 차의 종류, 참석할 인원수, 예상되는 시간, 찻잔을 비롯한 다구들과의 어울림이 무엇보다 중요하다.

다화의 정신

찻자리를 위한 다화를 준비할 때에는 다음과 같은 정신과 생각으로 한다.

첫째, 손님을 진정으로 환영하는 마음으로 즐겁게 꽃을 꽂는다. 상대방을 기쁘게 해주려는 정성과 노력이 필요하다. 설령 늘 마주하는

将茶花不容易归纳成的特点分为以下三种。

第一，茶花虽然重要，但不是主人公。茶是追求美丽，但如果埋在美丽之下本身就失去价值了。茶花虽然能起到提高氛围的作用，但如果占有至高无上的地位，那它就不适合了，不能是形式上的东西，但也不能只强调花的美丽。所以，茶花要做到绝对的节制为美。

第二，和茶一样，茶花以其自然美为最高的品德，这是茶花与一般的插花相区别的最大的地方。但是，为了显示其美丽需要与人工创艺相结合。即会利用不同季节的花，也要注意做到不要太夸张或者太过分，为了做到这一点必须有创造力，这种创造力要求不断的训练和深远的眼光，如果不开阔视野的话，就不能做到真正意味上的茶花。如果可以的话，多看多实践还得要多重复做茶花。

第三，茶花如果在视觉上能提供思索的线索是最好的。此时的思索就是指与茶道追求的本身的人间深奥的精神世界有关系。继而，茶道就是要在超过其模样和色体的视觉上的完结性，要追求思索的境界。这个就是茶花的境界，各不相同的花汇集在一起形成新的茶花的境界。

除此之外，如何与茶座协调是它的生命所在，所以，根据制造一个什么样的茶席的整体决定其所材和形态。即使是春天也不能一概的采用连翘就完成一个茶座，在祝贺席上一辈的茶座上也不能插上简陋的茶花。根据茶席的位置、茶的种类、参加人数、预想时间、茶杯等与茶具的吻合比什么都重要。

茶花的精神

准备茶席时注意如下几点精神和想法。

第一，以真正的、发至内心的、欢喜的态度去插花。要有欢迎客人的高兴与欢喜的心情和和努力。即使对方是早夕相处的家人也是，要怀着制造一个比昨天更舒适，更安稳的氛围，即使小小的一多花也要尽力去插好的心思下进行。

第二，要放宽心思，如果缺乏从容的心态，茶花就好像为了对付一顿饭吃一顿快

가족들과의 찻자리라 하더라도, 어제보다 더 편안하고 안온한 분위기를 연출하겠다는 마음으로 작은 꽃 한 송이라도 정성을 다해 준비하고 꽂는다.

둘째, 마음을 여유롭게 한다. 여유가 없는 찻자리는 끼니를 때우기 위한 패스트푸드 가게의 식탁과 다를 바 없다. 준비하는 사람부터 여유를 가지고, 차를 사랑하듯이 꽃을 사랑하는 마음으로 즐겁게 꽂아야 한다. 다화는 이를 꽂은 사람이 얼마나 여유롭게, 얼마나 행복하게, 얼마나 정성스럽게 준비했는지 모두 보여준다.

셋째, 차만으로는 다 전할 수 없는 향기와 아름다움을 다화를 통해 한 번 더 전달한다는 생각으로 정성에 정성을 기울인다. 금상첨화(錦上添花)를 완성한다는 자세로 끝까지 최선을 다해야 한다.

넷째, 다화는 눈에 보이는 아름다움을 넘어서는 정신적 경지를 추구하는 것이므로 반드시 여백과 사색의 실마리를 제공할 수 있도록 신경을 써야 한다. 최선을 다하고 완벽을 기하는 것은 좋지만 지나치면 안 된다.

다섯째, 다화는 개인의 창의성을 요하는 것으로, 즐겁게 하지 않으면 창의성이 발휘되지 않는다. 예술과 유희를 겸하고 있다는 생각으로 꽃을 꽂아야 그 자리에 참석한 사람들도 즐거운 마음으로 일석이조의 기쁨을 누릴 수 있다.

다화를 꽂는 기본 원칙

첫째, 아무리 내가 좋아하는 꽃이라도 그 찻자리에 어울리지 않는 꽃은 피한다. 준비하는 나의 즐거움도 중요하지만 더 중요한 것은 상대방이며, 찻자리 전체와 조화되지 않은 다화는 다화로서의 격이 떨어진다.

둘째, 찻자리 구성을 먼저 해놓고 계절에 맞는 꽃을 선택한다. 찻자리의 성격과 규모에 따라 차의 종류나 다구들을 준비하고, 이에 맞추어 꽃을 선택한다. 익숙해진 사람들은 찻자리의 성격이 규정되는 바로 그 순간에 차와 다구와 다화를 한꺼번에 머릿속에 그릴 수 있게 된다.

셋째, 우리나라의 꽃꽂이는 전통적으로 선(線)과 빈 공간을 중시했다. 단아하고 아름다운 선을 효과적으로 표현할 수 있을 때 우리만의 다화가 될 수 있다. 반면에 서양의 꽃꽂이는 화려함

餐的感觉，从做准备的人开始要有从容的心态，以爱茶、爱花的心思去做。

第三，只用茶很难表白的香气和美丽，我们可以通过茶花再一次的表示传达人的真诚，要做到精诚所至。

第四，茶花是追求超脱美丽视线以外的精神世界，所以，必须要提供空白和思索的线索，最大限度追求其本身的完美，但是，注意不要过份。

第五，茶花要求有创意，所以当你做的没兴趣的时候就不可能有创意。要带着把艺术和游戏结合为一体的想法去做，这是非常重要的，只有这样才能享受茶座的人员们的喜乐。

茶花的基本原则

第一，无论多么喜欢的花也是，如果不适合茶座就请避开，我的喜乐虽然很重要，但是，更重要的是对方，与整个的茶席氛围不谐调的花就请避开。

第二，首先构成茶席的位置，然后选择花，根据茶席的性格和规模准备茶的种类和茶具，熟悉的人看到茶席的性格就想起茶、茶具、茶花。

을 추구하고 선의 흐름은 중시하지 않는 편이다. 동양의 전통 꽃꽂이는 꽃을 꽂을 때 1주지(主枝), 2주지, 3주지로 꽂고, 나머지 공간을 부주지로 보충한다. 여백의 미를 살려주는 빈 공간과 선의 흐름에 항상 주의를 기울여야 한다.

다화에 필요한 꽃의 선택

① 보기 좋게 활짝 핀 꽃보다, 필 듯 말 듯 한 꽃을 준비해야 좀 더 오래 두고 볼 수 있다.

② 꽃도 채소와 같이 싱싱할수록 비싸다. 당연히 싱싱한 꽃을 골라야 하는데 여기에도 안목이 필요하다.

③ 꽃의 수술이 이미 흐트러져 있다면 그 꽃은 시든 것으로 본다.

④ 꽃의 줄기가 물러있지 않은지 확인한다. 물에 오래 담가둔 꽃은 비록 그 모양이 화려하더라도 줄기에서 냄새가 난다.

⑤ 꽃 얼굴이 선명한지, 잎들이 싱싱하게 잘 달려 있는지 확인한다.

⑥ 산이나 들에서 야생의 꽃을 구한 경우 즉시 물에 젖은 신문지에 싸서 가져오고, 최대한 빨리 물에 담근다.

第三，我们国家的茶花，传统上非常重视线和空间。只有有效的反应高雅而美丽的曲线才是我们的真正的美，反过来说西洋的茶花重视华丽但不重视线条美。东洋的茶花是分一主枝，二主枝，三主枝，剩下的空间就留为副柱枝，非常重视空白和线条的流向美给空白空间带来一定的美。

茶花中花的选择

① 选择满开的花，不如选择含苞欲放的花，这样维持时间能长一些。

② 花和蔬菜一样越新鲜越贵，这个也需要眼光。

③ 如果花穗已经是枯萎的，就当作已经凋谢了。

④ 查看花茎是否有腐烂迹象，长时间泡在水里的花，虽然看起来华丽，但是花茎已经腐烂出味了。

⑤ 确认花面是否鲜亮，叶子是否很新鲜。

⑥ 在山里或者旷野里弄到花的情况下，立即把它用湿的报纸包好，尽快泡在水里。

很适合茶花的花

① 开那么一小会儿就消失的野花

② 持续维持一天的花

③ 纯朴而高尚的节气花

④ 山、江、川、野外的开得很自然的花，或者树枝

⑤ 树皮、古木、苔藓、藤蔓

不适合茶花的花

① 强烈的素材

② 带刺儿的素材

다화로 잘 어울리는 꽃

① 잠깐 피었다가 지는 이름 없는 야생화

② 하루살이 꽃

③ 화려함 대신 소박하고 고상한 아름다움을 지닌 절기(節氣) 꽃들

④ 산, 강, 천, 야외에 자연스럽게 피어있는 꽃과 나뭇가지

⑤ 나무껍질, 이끼, 고목, 등넝쿨

다화로 어울리지 않는 꽃

① 너무 강렬한 소재

② 가시가 있는 소재

③ 향이 짙은 꽃(차의 향기를 소멸시킨다)

④ 꽃송이 얼굴이 지나치게 큰 소재

⑤ 한 줄기에 꽃송이가 여러 개 달린 소재

⑥ 여러 가지 색상의 다양한 꽃을 섞어서 꽂으면 혼란스럽다.

화기(花器) 선택의 주의사항

① 꽃과 화기가 어우러져야 조화를 이룰 수 있다.

② 값비싼 그릇보다 오래 묵은 그릇이 품격이 있다.

③ 소박한 그릇을 이용하면 사람이 쉽게 접근할 수 있어 친근하고, 꽃과 그릇의 자연스러운
   조화도 더 잘 이루어진다.

④ 봄에는 토기, 분청, 옹기 같은 조금 무거운 색을 가진 그릇을 이용한다.

⑤ 여름에는 시원한 느낌을 주는 대나무, 바구니 종류, 유리병, 혹은 백자 등이 좋다.

⑥ 가을에는 도자기 그릇, 분청 토기병 등이 적당하다.

⑦ 다화는 단순한 아름다움과 절제된 소박미를 우선으로 하므로 그릇의 크기도 이에 맞추어
   잘 선택해야 한다.

③ 浓香的花（消灭茶的香气）

④ 花面太大的花

⑤ 一个树枝里开很多花的素材

⑥ 把几种颜色的花，混合起来是非常混乱的

选择花器时的重要事项

① 花和花器要协调一致

② 比那些昂贵的花器，不如选折古老的花器更有品味

③ 使用朴素的器材，这样人们也容易走近，并且花和花器也容易协调

④ 春天使用如土器、盆倾、瓷器的陈色器材

⑤ 夏天使用带有清凉感觉的竹器、篮子、玻璃瓶、或者白瓷

⑥ 秋天使用瓷器、盆倾等土瓶为合适

⑦ 茶花要求以单纯的美丽和节制的朴素为最高美，所以，器皿的大小也要适当选择。

春

作品：金泰延(Tea Master & Florist)
素材：목련(木蓮, Magnolia Kobus)

목련은 꽃 중의 귀인이다. 그래서 다른 꽃이나 소재를 섞지 않고, 깨끗하고 청순한 목련 그대로의 모습
으로 표현하는 것이 가장 효과적이다. 봄날의 잔디밭에 펼쳐진 찻자리가 햇살만큼이나 환하다.
木莲是花中贵人。所以不与其它的花或素材混合，而是以它的秀气，纯洁的木莲原样展现出来的才是最
有效的。展现在春天草坪上的茶席与其明媚的阳光相媲美。

春

作品：張寬鎬
素材：개나리(韩国金钟花, Forsythia koreana), 과꽃(翠菊, Callistephus chinensis)

입구가 두 개인 화기(花器)의 특징을 잘 살렸다. 아래위로 어우러진 개나리가 춤을 추듯이 봄을 알린
다. 원형 돗자리 위에 놓인 하얀 백자 다기가 찻자리의 멋을 더한다.
很好地表现了二个开口的花器的特征。上下协调的迎春花像跳舞似的告诉人们春天的到来。
圆型凉席上摆着的白色茶器增添了茶席的韵味。

春

作品：李贞娥
素材：산수유꽃(山茱萸花, Cornus officinalis)

꽃이 빠진 찻자리의 모습을 상상해보자. 검소하긴 하지만 재미는 덜하다. 이런 찻자리에 무심한 듯 산수유꽃 가지 하나를 올려놓는다. 얽매이지 않은 산수유 가지와 화기가 자연스럽게 조화를 이루었다.
想象一下没有花的茶席，虽然简朴却缺少趣味。在这种茶席上似乎无心地放下一朵山茱萸花。不被束缚的山茱萸花枝子与花器浑然一体。

春

作品：梁桂順
素材：왁스플라워(蠟花, Chamelaucium uncinatum), 알리움(Allium gigantium), 드라세나 마지나타
　　　트리컬러(Dracena Marginata Tricolor)

나는 부활이요 생명이니…….
예수님을 바라보는 알리움 꽃 한 송이…….
한국차의 정신인 중정(中正)을 표현했다.
复活在我，生命也在我……。
仰望耶稣的一朵花……。
表现了韩国茶的精神 − 中正。

春

作品：梁桂順

素材：왁스플라워(蜡花, Chamelaucium uncinatum), 용버들(旱柳, Salix matsudana for. tortuosa)

네 개의 작은 화기에 같은 꽃들을 서로 다르게 꽂았다. 같으면서 다르고 다르면서 같다. 서로 다른 꽃이
부착된 같은 모양의 잔 네 개가 그 옆에 자리를 잡으니 마치 재잘거리는 아기들의 모습이 연상된다. 절
로 즐거운 분위기가 만들어지는 찻자리다. 손님들을 위한 개인용 찻상에 꽃과 잔을 하나씩 나누어 올려
놓아도 훌륭할 것이다.

四个小的花器插花方式都不一样。即相同又不相同。插上不同花的四个相同的杯子在旁边，如同叽叽喳
喳讨人喜爱的四个小孩子情不自禁，自然而然形成了兴高采烈的茶席氛围。在为客人准备的个人茶桌上
放上花和茶杯也会非常有特色。

春

作品：李貞娥
素材：브루니아 알비플로라(Brunia albiflora), 잎새란(쁘叶, Phormium tenax)

정원의 회색빛 바위 위에 흰색 레이스를 깐다. 손님을 맞이하기 위한 주인의 정갈한 마음이다. 그 위에 남색의 유리로 된 화기를 올린다. 초록과 붉은색의 꽃을 압도하지 않는 동시에 흰색의 레이스를 살려준다. 마지막으로 자연스럽게 늘어진 잎새란의 선을 살려 꽃들을 모아주니 안정감이 생긴다. 화사하면서도 기품을 잃지 않은 다화요 찻자리다.

给庭院的灰色岩石铺上白色的装饰带。表示迎接客人的主人的净洁之心，其上面放下蓝色的玻璃花器，在不压倒草绿色和红色花的同时使白色的装饰突显出来，最后使自然下垂的兰叶子的线条突显把花朵聚集起来，给人带来安全感。是既华丽却不失品位的茶花和茶席。

春

作品: 張寬鎬
소재: 범부채(射干, Belamcanda chinensis), 트라켈리움(Trachelium caeruleum)

수직상승의 꿈을 꾸고 있는 범부채의 강렬함을 부드럽게 제어하기 위해 그 밑에 아이보리 색 천을 수평으로 펼쳤다. 수직과 수평, 동(動)과 정(靜)을 하나의 찻자리에 모두 담아냈다.
为了委婉地控制住垂直上升的射干的强烈感，其下面水平铺上了象牙色的布。垂直和水平、动和静为一体表现在一个茶席上。

春

作品 : 張寬鎬
素材 : 보라살비아(Salvia farinacea), 댕댕이덩굴(野生藤, Coculus trilobus), 수크령
        (Pennisetum alopecuroides)

봄 소풍을 나온 세 자매가 서로 손을 잡고 있는 듯한 모양의 유리 화기에 보
라색 꽃을 세우고 그 밑에 댕댕이덩굴을 장식했다. 서로 손을 잡은 채 흥에
겨워 봄 들판을 춤추듯 뛰어가는 젊은 아가씨들의 모습이 연상된다. 시각적
인 아름다움에 더하여 리듬감까지 살린 다화다.
玻璃花器中装饰的野生藤就好像出来春游的三个姊妹手拉手。可以想象她们
手拉手又好像跳舞似的年轻的小姑娘们非常高兴地跑过去的样子。在视觉上
加上旋律感的就是茶花。

春

作品：金泰延(Tea Master & Florist)
素材：필로덴드롬 셀로움(Philodendron selioum), 왁스플라워(蜡花, Chamelaucium uncinatum)

마주보고 속삭이는 원앙, 혹은 사랑하는 남녀의 모습이다. 남색의 원형으로 된 받침과 링 모양의 화기 구성이 클래식하다.
就好像面对面谈情说爱的一对鸳鸯，或仿佛是一对热恋中的男女。蓝色的圆型托盘和环状的花器构成本身就非常古典。

春

作品：朴藝瑟(Park Ye Sul)
素材：펜타스(Pentas lanceolata)

모던하고 심플하다. 부담스럽지 않아서 손님의 마음을 편안하게 해주는 찻자리요 다화다.
既摩登又单纯，没有负担而且给客人又是很安稳感觉的茶花。

春

作品 : 朴藝瑟(Park Ye Sul)
素材 : 미니과꽃(小翠菊, Callistephus chinensis)

다화는 찻자리 전체의 분위기를 살려주되 너무 튀지는 않아야 한다. 그러기 위해선 욕심을 버리고 약간 부족한 듯이 꽃을 꽂아야 한다.
茶花要调整整个茶席氛围，不宜太激烈。为此必须要抛开人为的欲望，在这方面做得似乎有些不足似的感觉。

春

作品：金泰延(Tea Master & Florist)
素材：레이스플라워(Ammi majus), 베어그라스(Xerophyllum tenax)

골동품 화병의 매력을 살리기 위해 강렬한 색상이나 모양의 꽃 대신 소박한 꽃을 선택했다. 세월의 향취가 느껴지는 오래된 소재들을 활용한 고풍스런 찻자리로 외국인들이 더 좋아할 듯하다.

为了使古董花瓶的魅力复生，所以选择了比强烈色彩花更朴实的花。感觉古老的香气更能提高外国人的兴致。

春

作品：金泰延(Tea Master & Florist)
素材：프리지어(Freesia refracta), 난(兰, Orchidaceae), 고드세피아(Dracaena
　　godseffiana)

특별한 기교를 부리지 않고 프리지어 잎으로 단아하게 표현했다. 위쪽
은 위쪽대로 시선을 끌고 아래쪽은 아래쪽대로 시선을 멈추게 한다.
봄의 생동하는 기운이 느껴지는 찻자리요 다화다.
不需要特别技巧, 用小苍兰叶非常端雅的描述了, 上面是引人
注目, 下面是维持视线, 活生生的、很生动的感觉到春天气息
的就是茶席、就是茶花。

春

作品：金泰延(Tea Master & Florist)
素材：백합(百合, Lily), 찔레나무(薔薇, Rosa multiflora THUNB.), 왁스플라워(蠟花, Chamelaucium uncinatum)

목이 긴 유리 꽃병에 찔레나무 가지를 위주로 하고 백합을 더하여 구성한 다화다. 만개한 백합과 아직 피지 않은 백합 봉오리가 어울려 화사하면서도 소박한 다화가 되었다. 견고하고 소박한 느낌의 돌받침이 안정감을 주었고, 유리 찻잔에 담긴 녹차 빛깔은 은은히 향기를 내뿜는다.

以长脖子玻璃花瓶为主构成的百合花，就是茶花。满开的百合与还没有开的百合花苞和谐成了朴实的茶花。给人兼顾和朴实感的石头衬托着安全感，加上玻璃杯中的绿色茶水带来隐隐的香气。的贵木莲是花中的贵木莲是花中的贵木莲是花中的贵木莲是花中的贵。

春

作品：梁桂順
素材：산다소니아(宮灯百合, Sandersonia aurantiaca)

누구나 쉽게 꽃을 꽂을 수 있는 화병에 산다소니아
를 심플하게 장식했다. 화려한 꽃과 단순한 화병이
어울려 젊고 모던한 찻자리의 분위기를 자아낸다.
在谁都可以插花的花瓶里很简单的插上了宫灯
百合。华丽而单纯的花瓶协调一致，给整个茶
席增添了年轻而摩登的氛围。

作品 : 李貞娥
素材 : 용버들 라인(旱柳, Salix matsudana for. tortuosa), 맥시칸 부시 세이지(墨西哥鼠尾草, Salvia leucantha),

다양한 색상의 어울림을 테마로 하되, 서로 조화를 이루도록 배려했다. 여러 색이 섞였지만 튀지 않아서 안정감이 있다.
以多种色彩为中心，互相协调一致，虽然多种颜色混合在一起，可是它有安全感。

春

作品：金泰延(Tea Master & Florist)
素材：아스틸베(Astilbe), 티젤(Dipsacus fullonum), 강아지풀(狗尾草, Setaria viridis), 노무라(Rumohra aiantiformis)

겨우내 움츠렸던 몸과 마음을 달랠 수 있도록 앙상블로 풍성하게 꽃을 꽂았다. 아기자기한 꽃들이 봄의
향기를 물씬 전한다.
不仅能缓解一冬天瑟缩了的身子和心，还插得非常丰盛而协调，娇小可爱的花把人们带入了引
人入胜的春天的境地。

春

作品：金泰延(Tea Master & Florist)
素材：마른 토란잎(干青芋叶, Colocasia antiquorum var. esculenta), 나리(Lilium oriental hybrids Lilium 'Sorbonne'), 맥시칸 부시 세이지(墨西哥鼠尾草, Salvia leucantha)

차실 들어가는 현관 또는 한쪽이 허전하게 비어 있는 공간에 놓으면 더없이 훌륭한 꽃이다. 마음이 넓어 보이는 백자 항아리 속에 자리 잡은 큼직한 토란잎 하나가 손님을 기쁘게 맞이하는 모양새다.

如果放在入茶室的走廊或者走廊的一边是个非常出色的花。看起来心境非常明亮的白色坛子里的一个白色的叶子似乎在非常高兴地迎接客人。

春

作品：梁桂順
素材：미나칼라(Calla palustris / Zantedeschia), 강아지풀(狗尾草, Setaria viridis), 부들(香蒲, Typha orientalis), 솔리다스터(Solidaster luteus)

대나무로 만든 화기와 다구들이 갈색의 무거운 톤으로 중심을 잡아주는 가운데 연초록과 노란 미나칼라 꽃을 화사하게 세웠다. 부들가지로 선을 높이 올리고 강아지풀들을 묶어서 귀여움을 표현했다.
用竹子做的花器和茶具们在茶色的、非常深沉的氛围中用草绿色和黄色花捕捉了中心，用蒲扇支撑着，用狗尾草表现了可爱。

春

作品 : 李貞娥
素材 : 다알리아(Dahlia hybrid Hort.), 맥시칸 부시 세이지
       (墨西哥鼠尾草, Salvia leucantha), 스마일락스(拟天
       冬草, Asparagus asparagoides)

벽걸이용 도자기 항아리가 특징이다. 어떤 꽃을 꽂든
지 아래로 흐르는 선이 있다면 더욱 효과적이며 시
각적으로도 즐겁다.
墙挂饰的瓷器坛子是一个特点，不管插什么样
的花如果有向下流动的感觉，那么视觉上也非
常有效。

春

作品 : 張寬鎬

素材 : 카네이션(康乃馨, Dianthus caryophyllus), 베르가못(Citrus
　　　 bergamia), 호엽란(Ophiopogon jaburan)

봄 아지랑이 너머로 보이는 해묵은 기와지붕…….
클래식한 긴 백자 화병의 특징을 살려서 짙은 핑크색 카네이션
한 송이로 시선을 집중시켰다.
春天河影后面的陈年瓦房…….
经典的白色花瓶的特色和粉红色集中了人们的视线。

春

作品 : 金泰延(Tea Master & Florist)
素材 : 미국자리공(美国商路陆草, Phytolacca Americana), 솔리다스터(Solidaster luteus), 고사리잎톱풀
(凤尾蓍, Achillea filipendulina)

자연스러움을 느끼게 하는 미국자리공의 매력 때문에 노란 아킬리아(고사리잎톱풀) 꽃이 숨
어 있는 듯하다.
如同自然的美国商路陆草魅力的黄色凤尾蓍草花。

春

作品：李貞娥
素材：긴기아난(Dendrobium Kingianum), 블루베리(越橘, Vaccinium spp.)

초록색 보자기로 봄을 알리고, 그린(green) 색상의 긴
화기에 꽃을 단순하게 꽂았다. 옆에 놓인 같은 그린
색상의 말차 사발이 안정감을 주고 있다.
用草绿色大包告诉春天，用绿色长花器简单地插
上了，放在旁边的绿色桌上的抹茶碗给人稳定的
感觉。

春

作品：張寬鎬

素材：프렌치 메리골드(Targets patula), 속새(Equisetum hyemale), 보라살비아(Salvia farinacea)

자연스럽게 흩어지고 모이는 연둣빛 모시가 우리네 인생 여정을 자꾸만 돌아보게 만든다. 눈 밝은 차인이라면 두 개의 찻잔 모습에서도 자신의 모습을 발견할 수 있을 것이다.
自然散开，又自然聚集的草绿色苎麻使我们回顾我们的人生旅程，明眼茶人在两个茶杯中也能回顾自己的身影。

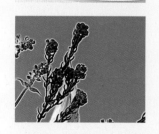

82

春

作品：金泰延(Tea Master & Florist)
素材：강아지풀(狗尾草, Setaria viridis), 공작초(紫菀属, Aster spp.), 루스쿠스(Ruscus hypoglossum)

대나무의 마디마디가 오랜 세월의 흐름을 말해준다. 강아지풀과 공작 꽃의 조화로 이웃의 사랑을 느끼게 표현했다.
竹子的每一个节告诉我们它经过了很长的岁月，狗尾草和紫菀属的协调让我们的邻居感觉到他的爱。

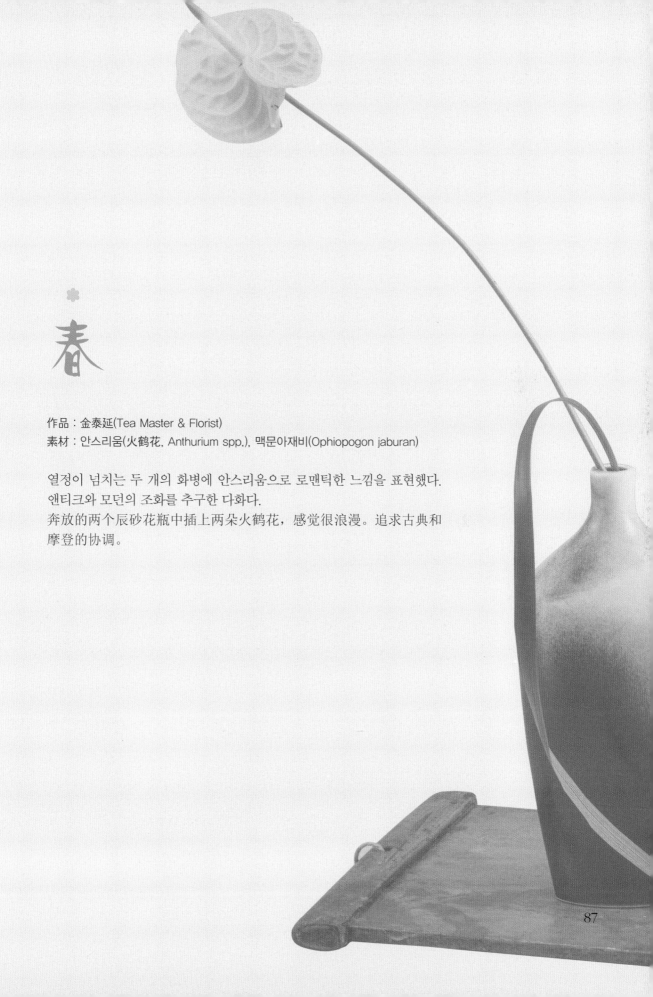

春

作品：金泰延(Tea Master & Florist)
素材：안스리움(火鶴花, Anthurium spp.), 맥문아재비(Ophiopogon jaburan)

열정이 넘치는 두 개의 화병에 안스리움으로 로맨틱한 느낌을 표현했다.
앤티크와 모던의 조화를 추구한 다화다.
奔放的两个辰砂花瓶中插上两朵火鹤花，感觉很浪漫。追求古典和
摩登的协调。

春

作品：金泰延(Tea Master & Florist)
素材：보라살비아(Salvia farinacea)

옛날 우리 조상들이 사용하던 서안(書案) 위에 우
아한 한 송이 꽃을 꽂아 놓고 따뜻한 차 한 잔을
즐긴다. 전통에 대한 사랑과 미래를 향한 열망을
하나의 찻자리에 표현했다.
古时候我们的祖先使用的书桌上插上一朵高
雅的花，再享受一杯茶的余兴。即表示了对
传统的爱，也表示对未来的热望。

春

作品：金泰延(Tea Master & Florist)
素材：미국자리공(美国商路陆草, Phytolacca Americana), 맥문아재비(Ophiopogon jaburan), 고사리잎톱풀(Achillea filipendulina), 하이페리쿰(Hypericum androsaemum)

풍성하고 낭만적이며 유쾌한 느낌을 자아내는 다화다. 차가 담긴 오리 모양의 유리 화병이 부러운 듯이 꽃들을 올려다보고 있다.
即丰盛浪漫又给人愉快感觉的就是茶花。装茶的鸭子模样的玻璃花瓶似乎很羡慕地仰视花群。

春

作品 : 金泰延(Tea Master & Florist)
素材 : 버드나무 잎(柳树叶, Salix koreensis), 모카라(莫氏兰,
     x Mokara spp.)

버드나무의 아름다운 선이 중심을 잡아주고 있다. 귀족스러운
모카라 양난 꽃을 키 작은 백자 화기에 낮게 꽂아 옆에 있는
찻잔과 조화를 이루도록 했다.
柳树的美丽线条抓住了中心，把贵族式的莫氏兰花各自
插在很矮的白瓷花器当中与旁边的茶杯协调一致。

春

作品：金泰延(Tea Master & Florist)
素材：철쭉(山踯躅花, Rhododendron schlippenbachii), 매화(梅花, Prunus mume), 유채꽃(油菜花,
　　　Brassica napus)

철쭉, 매화, 유채꽃을 이용하여 싱그런 봄의 분위기를 창조하되, 특별한 선을 억지로 만들지 않
고 가장 자연스럽게 꽂았다.
利用山踯躅花、梅花、油菜花创造芬芳的春天的氛围，没有故意制造线条反而很自然地插上了。

春

作品 : 李貞娥

素材 : 나리(百合花, Lilium), 루모라고사리(Rumohra adiantiformis), 서양등골나물(Ageratina altissima)

입구가 좁은 화병에 부소재들을 높게 꽂고, 개성이 뚜렷한 나리꽃 한 송이를 낮게 꽂아 화기와 꽃이 일체가 되도록 했다. 아름답고 정감어린 다화다.

入口中的小花瓶的素材插得高一些，非常突出的百合花插得低一点使得花和花器融为一体，是一幅既美丽又具情感的茶花。

春

作品：梁桂順
素材：엽란(一叶兰, Aspidistra elatior), 미니과꽃(小翠菊, Callistephus chinensis "Serenade Rose"),
　　　속새(Equisetum hyemale)

넓은 정원 한가운데 꽃길을 만들었다. 봄비가 내린 뒤, 촉촉한 잔디들의 생동감이 우리의 마음도 설레게 해준다.
在宽敞的庭院中心做了用花点缀的花路, 下雨后湿漉漉的草坪更具生动感, 连人们的心也带动起来了。

作品：張寬鎬
素材：범부채(射干, Belamcanda chinensis), 잎새란(兰叶, Phormium tenax)

꽃을 수직으로 곧게 꽂아 정직하고 바른 마음가짐을 표현했다. 두 개의 크고 작은 화기의 특징
을 살려서 시원스런 느낌을 주었다. 만물이 성장하는 여름을 표현한 다화다.
顺着垂直方向插花表示正直的心态，而一大一小的花器给人以凉快的感觉，代表着万
物生长的夏天的茶花。

夏

作品 : 金泰延(Tea Master & Florist)
素材 : 아이비(长春藤, Hedera rhombea), 노랑무늬붓꽃(Iris odaesanensis Y.N.Lee)

최대한 자연스럽게, 깊이감이 느껴지도록 아이비 넝쿨을 사용했다. 여름의 향기를 느끼게 해준다.
最大限度的表现了自然，为了表示其深度使用了长春藤，感觉夏天的香气。

夏

作品：李贞娥
素材：천일홍(千日红, Gomphrena globose), 하이페리쿰(Hypericum spp.), 설유 가지(单花李叶绣线菊, Thubergs spirea)

가슴에 흐르는 맑은 영혼의 느낌을 흰 망사 천으로 표현하고, 주황색 유리 화병에 맞춰 세련된 유리잔에 시원한 냉녹차를 담았다.
把流淌在胸膛上的澄莹的灵魂感觉用网纱表示的，用朱黄色的很简练的玻璃杯盛上了凉绿茶。

夏

作品：梁桂順
素材：테이블야자(Chamaedorea elegans), 구절초(九節草, Dendranthema zawadskii var. latilobum)

하트 모양의 유리로 된 벽걸이 화병 자체가 사랑스러운 연인의 마음을 보여준다. 여기에 시원
한 테이블 야자 잎과 화사한 분홍 구절초를 꽂아 싱그러움을 표현했다.
像心一样的挂在墙壁上的玻璃花瓶本身代表着真挚的恋人的心情。这里有凉快的椰子
叶和桌子，还有粉红色的九節草，表示了花草们的芬芳。

夏

作品：金泰延(Tea Master & Florist)
素材：스마일락스(拟天冬草, Asparagus Asparagoides), 아미
　　　(Ammi majus), 유니폴라(Chasmanthium latifolium)

한여름 땡볕의 무더위를 시원하게 식혀주는 음악 분수를 연
상케 하는 찻자리다. 연두색 모시 천과 목이 긴 투명 유리 꽃
병에서 흘러내리는 스마일락스의 선이 마치 심포니를 지휘하
는 지휘자의 살아 움직이는 지휘봉 같은 느낌을 준다.
联想盛夏的非常凉快的音乐喷水的茶座。草绿色的苎麻和长脖
子的透明玻璃花瓶中里流的是拟天冬草的线条美，就像是指挥
者的指挥棒似的感。

夏

作品：金泰延(Tea Master & Florist)
素材：애기나팔꽃(小牵牛花，Ipomoea lacunosa)

어린 시절, 학교 담벼락에 붙어있던 낭만적인 나팔꽃…. 눈을 감고 그 때를 느껴본다. 활짝 핀
나팔꽃 한 송이 살짝 따고 싶은 충동이 있었지…. 그 옛날에….
记得小时候学校围墙上爬满浪漫的喇叭花，闭上眼睛想象那个时候的感觉。有一股摘
下那漫开的喇叭花的冲动……你也有过这种冲动吧。

夏

作品：李貞娥
素材：펜타스(Pentas lanceolata), 등나무 라인(藤树, Wisteria floribunda)

W자 모양 화병의 특징을 살린 찻자리 꽃이다. 탈색된 등나무 라인으로 하늘을 향해 감사를 부르짖는 모습을 형상화했다.
使W字形花瓶特征复活的茶座花。用早已脱色的藤树枝似乎向天表示感谢。

夏

作品：金泰延(Tea Master & Florist)
素材：아스틸베(Astilbe hybrids), 아미(Ammi majus), 강아지풀(狗尾草, Setaria viridis), 투베로사(Asclepias tuberosa 'Hello Yellow')

여백을 두지 않아 조금은 답답한 느낌이 있지만, 차 바구니에 가득 차 있는 꽃들을 통해 넉넉하고 풍성한 마음을 표현했다.
不留空白有些过于压抑，但是通过蓝子里装满的茶不仅表现的绰绰有余，而且还表示了极为丰盛的心情。

夏

作品：張寬鎬
素材：조팝나무(李叶绣线菊, Spiraea prunifolia for. simpliciflora), 투베로사(Asclepias tuberosa 'Hello Yellow'), 용버들 라인(旱柳, Salix matsudana for. tortuosa)

심플하고 시원한 느낌의 다화다. 아래로 흘러내린 조팝과 용버들 라인이 클래식한 느낌을 만들어준다.
单纯而爽快的茶花，向下倾泻的李叶绣线菊和旱柳线条给人古色古香的感觉。

夏

作品：金泰延(Tea Master & Florist)
素材：클레마티스(绣球藤, Clematis hybrid grandiflora Hort.),
　　　잎새란(兰叶, Phormium tenax)

날씬하고 세련된 검정 꽃병에 욕심을 부리지 않고 클레
마티스 꽃 두 송이를 꽂았다. 잎새란으로 부드럽게 선을
살려주니 아담하고 시원한 느낌의 다화가 되었다.
在苗条和干练的黑色花瓶里插上了不贪心的两朵
球藤花。很柔和的使它的线条美复活，有典雅和舒
爽的感觉。

夏

作品：朴藝瑟(Park Ye Sul)

素材：펜타스(Pentas lanceolata), 천일홍(千日红, Gomphrena globose), 유니폴라(Chasmanthium latifolium)

꽃수레에 귀여운 꽃들을 담아 창문 가까이 올려 놓고 바람이 불 때 살랑살랑 흔들리는 모습을 느껴본다.

在花车上装满了可爱的花，放在窗户附近，似乎风一吹动就有摇动的感觉。

夏

作品：李貞娥
素材：히비스커스(Hibiscus)

보라, 검정, 흰색의 조화를 추구한 작품이다. 오랜만에 만나는 차벗들을 위한 세련된 찻자리 꽃으로 손색이 없다.
追求紫色、黑色、白色协调的作品。 是为了表示招待好久没在一起喝茶的茶友们的茶花也不褪色。

夏

作品：金泰延(Tea Master & Florist)
素材：설유 가지(单花李叶绣线菊, thubergs spirea), 헬리옵시스(黃梅花, Kerria japonica for. plena)

차회에 꽃을 너무 많이 꽂게 되면 오히려 번뇌가 생긴다. 약간은 아쉬운 형태가 오히려 덕이 될 수 있다.
如果在茶花上面插太多的花，会使人非常的困惑，有一些惋惜会更美好。

作品 : 梁桂順
素材 : 아스클레피아스 프루티코사(Asclepias fruticosa), 쿠페아(Cuphea hyssopifolia), 과꽃(翠菊, Callistephus chinensis)

높고 낮음의 조화를 이루기 위해 둥근 유리 수반과 긴 유리 화병을 사용했다. 삼각 구도가 안정감을 준다.
为了调整高低水准使用了圆玻璃盘与长脖子玻璃瓶三角架，给人更稳定的安全感。

夏

作品：金泰延(Tea Master & Florist)
素材：향등골나물(Eupatorium tripartitum), 파니쿰(Panicum 'Fountain')

신록으로 둘러싸인 잔디밭에 마련된 찻자리다. 오늘보다 더 나은 내일에 대한 희망을 전하는 조형물 앞에, 깊이 있고 무게감 있도록 꾸몄다.
在绿草坪上准备的茶座，在造型物前面好像在说明天比今天会更好、更有负重感、更有安全感。

130

夏

作品：張寬鎬
素材：수국(水菊, Hydrangea macrophylla)

다완과 화병이 모두 흰 백자다. 다완에 담긴 말차와 다화의 이파리 역시 같은 초록색이다.
여기에 수국의 당당한 모습이 더해지니 마치 남녀의 사랑 이야기가 들리는 듯하다.
茶碗和花瓶都是白色，装茶碗的是抹茶和茶花的叶子也是草绿色，这里加上水菊
的威武的样子，就好像是讲述着男女之间的爱情故事。

夏

作品：梁桂順

素材：하이페리쿰(Hypericum spp.), 연밥(蓮藕, Lotus Seed Pod), 미니과꽃(小翠菊, Callistephus chinensis)

옥색 매트와 하얀색의 피아노 화기로 시원한 느낌을 표현했다. 연밥의 고음과 미니과꽃의 저음이 아름다운 하모니를 이루고 있다. 매우 밝고 동적인 다화가 되었다.

玉色垫子和白色的钢琴给人非常凉爽的感觉。莲藕的高音与小翠菊花们的低音构成了优美的协调，非常明亮而有具动感的茶花。

夏

作品 : 金泰延(Tea Master & Florist)
素材 : 향등골나물(Eupatorium tripartitum), 미스티(Limonium 'Misty-Blue'), 모카라(莫氏兰, x Mokara spp.)

우리는 고난과 역경 속에서 삶의 지혜를 배운다. 통유리 속에 갇혀있는 모카라 양란이 물속에서도
자기의 모습을 잃지 않고 화사한 빛을 발한다.
我们在苦难与逆境中懂得人生的智慧，被关在玻璃里面的洋兰在水中也不失自己的模样，发出娇艳
的光彩。

夏

作品：張寬鎬
素材：펜타스(Pentas lanceolata), 잎안개(Talinum paniculatum)

은색 화병과 두 개의 은잔이 귀부인의 모습을 나타내고 있다. 조금 화려한 꽃을 사용했지만
은색 화병과 잘 어울려 조화를 이루었다.
银色花瓶和两个银杯显示着贵妇的模样，使用了较华丽的花，但是与银色花瓶温和
的达到了协调一致。

夏

作品：李貞娥

素材：모카라(莫氏兰, x Mokara spp.), 잎새란(兰叶, Phormium
tenax)

겨자색 모시 천을 기둥 아래로 흘러내리게 하고, 그 위의
유리 벽걸이 화병에 모카라 양란과 한 개의 난 잎으로 단
순하게 표현했다. 누구나 쉽게 따라 할 수 있는 다화다.
使用了芥菜色的苎麻弄成向下流淌的样子，在其上面
放的玻璃花瓶中挂上了洋兰一个兰叶子表示很单纯。
谁都可以跟着做的茶花。

夏

作品：梁桂順
素材：미니장미(小薔薇, Miniature roses), 미스티(Limonium 'Misty-Blue'), 맥문동(麥門冬, Liriope platyphylla)

밝고 경쾌한 색상의 꽃들을 이용했다. 시원한 유리 찻잔과 벽걸이 화병에 꽂힌 꽃들이 환희의 소리를 외치는 느낌이다.
利用明亮而轻快的花，使用了清爽的玻璃杯子和插在墙挂式茶杯，花儿们好像在欢呼。

夏

作品：李貞娥
素材：금계국(金鷄菊, Coreopsis drummondii), 옥천앵두(Solanum pseudocapsicum)

대나무로 된 낡은 벽이 오히려 고전적인 느낌을 풍긴다. 들에 핀 노랑 금계국의 연약함이 강
한 대나무의 마음을 옆에서 녹이고 있는 형상이다.
用竹子砌的墙给人以古色古香的感觉，开在野地上的黄色金鷄菊的脆弱之心由旁边
的坚强的竹子来坚守着。

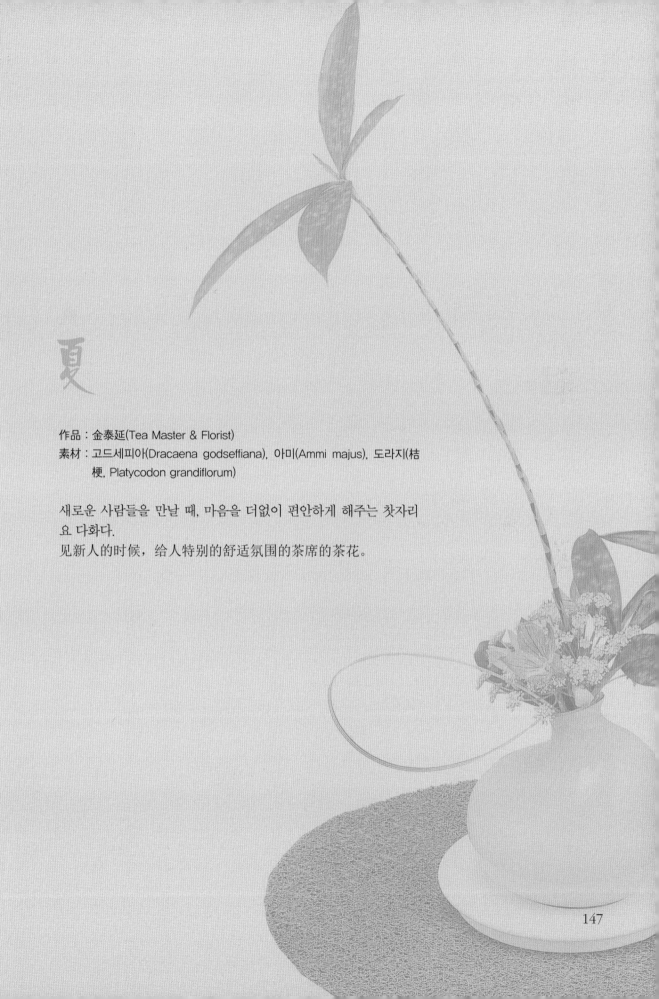

夏

作品：金泰延(Tea Master & Florist)
素材：고드세피아(Dracaena godseffiana), 아미(Ammi majus), 도라지(桔
梗, Platycodon grandiflorum)

새로운 사람들을 만날 때, 마음을 더없이 편안하게 해주는 찻자리
요 다화다.
见新人的时候，给人特别的舒适氛围的茶席的茶花。

夏

作品：梁桂順
素材：불두화(佛头花, Vibumum opulus for. hydrangeoides), 미니과꽃(小翠菊, Callistephus chinensis),
천일홍(千日红, Gomphrena globose)

오래된 한옥 마루에 어울리는 찻자리를 꾸몄다. 계절에 맞는 꽃들을 한 소쿠리 담고, 줄기 식물
로 선을 살리니 화사하고 역동적인 다화가 되었다.
布置了古老的韩屋地板的茶座，装了一篮子影视花草，使用茎植物使线条美复活，使他
让整个茶花变得充满活力。

作品：金泰延(Tea Master & Florist)
素材：레이스 플라워(Ammi majus), 스마일락스(拟天冬草, Asparagus Asparagoides)

무더운 여름을 위해 시원한 느낌을 환상적으로 표현했다. 유리 바구니 화기에는 강한 꽃보다 투명
한 꽃으로 선을 부드럽게 하여야 효과가 있다.
为了给炎热的夏天带来梦幻般的凉爽的感觉，使玻璃篮子的花器更透明，效果会越好。

作品：金泰延(Tea Master & Florist)
素材：보라살비아(Salvia farinacea), 설유 가지(单花李叶绣线菊, Thubergs spirea)

설유화 꽃은 모두 떨어지고 한 줄기 선만 남았다. 오른쪽으로 멋지게 모양을 내고, 야생화를 부드럽게 배치했다.
单花李叶绣线菊花都谢掉了，只剩下一条线，右边的很完美的表现了其模样，很柔和地放了野地花。

作品：李贞娥
素材：과꽃(翠菊, Callistephus chinensis), 필로덴드롬 셀로움(Philodendron selioum), 무늬둥굴레(Polygonatum odoratum var. pluriflorum for. variegatum Y.N.Lee)

접시 모양 그릇의 옆 부분에 좁은 입구가 있어 조그만 꽃들을 실용적으로 꽂을 수 있다. 그릇 가운데 녹차 한 잔을 올리니 소박하고도 정성이 담긴 찻자리와 다화가 된다.
碟子式的器皿的旁边有小的插口，所以可以很实际的插上许多小花。器皿的正中间放一杯绿茶，又朴实又精诚的茶席的茶花。

夏

作品 : 金泰延(Tea Master & Florist)
素材 : 미니 해바라기(小向阳花, Helianthus annuus), 단풍나무(枫树, Acer palmatum Thunb, Ex Murray)

여름의 강렬한 태양이 해바라기를 통해서 마음에 중심을 잡아준다. 오른쪽으로 길게 늘어진 단풍잎의 선이 말차 한 사발 먹기 위해 목말라 하는 느낌이다.
通过强烈的夏天太阳抓住中心，右边的长长的下垂的枫叶好像非常渴想喝一杯茶似的感觉。

夏

作品：金泰延(Tea Master & Florist)
素材：강아지풀(狗尾草, Setaria viridis), 대나무잎(竹子叶, Phyllostachys bambusoides), 노랑소국(黃
小菊, Chrysanthemum morifolium)

어린 대나무 잎과 강아지 풀의 조화를 통해 단정하고 소박한 느낌을 표현했다. 단순한 듯
보이지만 깊이감 있는 다화가 되었다.
通过强烈的夏天太阳抓住中心，右边的长长的下垂的枫叶好像非常渴想喝一杯茶似
的感觉。

夏

作品：張寬鎬

素材：미니과꽃(小翠菊, Callistephus chinensis), 향등골(Eupatorium Japonicum Thunb, Ex Murray), 디
디스커스(Didiscus caeruleus)

여름 꽃들을 여러 가지 모아 안정감이 넘치는 연두색 유리 꽃병에 꽂았다. 누구나 쉽게 꽂을 수
있는 다화지만, 연두색 원형 매트의 도움이 더욱 효과를 나타내었다.
把夏天的花都集中到一起，插在了洋溢着安全感的草绿色花瓶。谁都可以容易做得茶
花，但是草绿色的垫子的帮助更大。

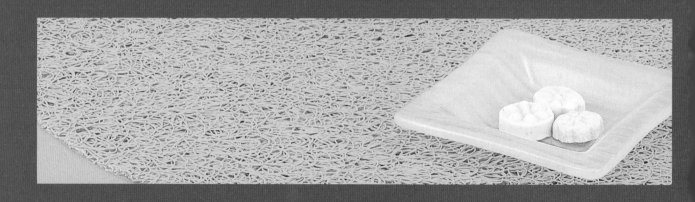

夏

作品：梁桂順
素材：쿠페아(Cuphea hyssopifolia), 프렌치 메리골드(Targets patula),

부담 없는 친구를 자연으로 초대한다. 정원 돌계단에 목이 긴 유리잔을 준비하여 녹차를 담고,
유리 화병에는 주황색 화초 고추를 꽂는다. 여름 더위를 식혀주는 찻자리요 다화다.
把没有负担的朋友召集到自然中，在庭院的石头台阶里准备一个长脖子的玻璃杯装
茶，玻璃花瓶里面插上了朱黄色花草和辣椒，作为炎热夏天消暑的茶座、茶花。

秋

作品：金泰延(Tea Master & Florist)
素材：벼(稻, Oryza sativa), 델몬트 소국(Chrysanthemum)

추수의 계절, 익은 볏단을 항아리에 가득 담아 가을의 향기를 마음껏 느껴본다.
秋收的季节，把成熟的稻子装得满满一坛子，让你充分享受成熟稻子的浓香。

秋

作品：金泰延(Tea Master & Florist)
素材：코스모스(波斯菊, Cosmos bipinnatus), 단풍나무(枫叶, Acer palmatum)

아래로 늘어진 코스모스 한 송이가 전체 느낌을 부드럽게 만든다. 빨강 단풍잎과 코스모스의 색상도 어색하지 않고 조화롭다.
向下垂的一朵波斯菊给人的整体感觉非常柔和，红色的枫叶和大波斯菊的色泽也是非常的吻合。

作品：張寬鎬
素材：알스트로메리아(六出花, Alstroemeria 'Appelbloesem'),

가을을 상징하는 회색 다포에 진사 앙상블 꽃병을 배치했다. 위로 향한 두 선과 옆으로 늘어진 두 선이 서로 마주앉은 연인들을 연상시킨다. 같은 맥락에서 두 개의 똑같이 생긴 잔을 준비했다.
象征秋天的灰色茶布上铺的是辰砂合奏花瓶。向上的两条线，加上测流的两条线，如此的协调仿佛是一对面对面的恋人。从相同的脉络里，准备了两个墨一般的杯子。

171

秋

作品：金泰延(Tea Master & Florist)
素材：헬리옵시스(Heliopsis helianthoides)

눈을 감고 느껴보자. 낙엽 떨어지는 소리를.
10월의 마지막 밤을 그대와 함께…….
闭上眼睛想一想，感觉一下叶子落下来的声音。
在十月的最后一天与他在一起……。

秋

作品：梁桂順

素材：흰말채나무(白玉水木, Cornus alba), 나리(百合, Lilium
hybridum)

문살무늬의 미로를 따라 걸어온 인생길이 아름답게 느
껴진다. 여러 갈래의 말채와 분홍빛 나리가 생사화복
(生死禍福)을 말해준다.

展示了曾经迷路，如今走出来的我们的人生是如
此地美好，虽然有很多的白玉水木和粉红色的百
合告诉我们人们的生死祸福。

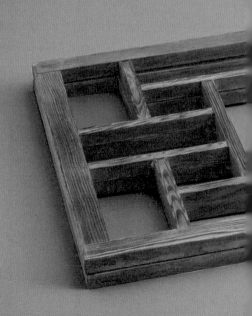

秋

作品：張寬鎬
素材：좀작살나무(Callicarpa dichotoma), 달리
아(大丽花, Dahlia pinnata), 잎새란(쓰
叶, Phormium 'Variegatum'), 솔리다스터
(Solidaster luteus)

갈색 왕골 돗자리를 넓게 펼치고, 투박한 원
형 접시에 열매가지를 수북하게 담았다. 달리
아 꽃은 또 다른 화병에 꽂아 이중적으로 표
현했다.
铺上褐色凉席，粗糙的圆形碟子里装的
是满满的果实，大丽花又是插在了别的
花瓶中，双重表现了其魅力。

177

秋

作品：張寬鎬
素材：남천(南天, Nandina domestica), 센토레아(Centaurea cyanus)

바구니 아래를 낙엽으로 살짝 덮어주고, 남천과 바구니의 손잡이 선으로 아름다움을 표현했다. 귀여운 모습의 수레국화가 세련됨을 더한다.
把篮子的底部用落叶盖上，然后用南天和篮子手把柄的美丽线条表现出来，成就了可爱的精炼之美。

秋

作品 : 李貞娥
素材 : 부들(蒲扇, Typha orientalis), 미국자리공(美国商陆草, Phytolacca Americana)

나뭇잎 매트의 특징을 살려 남성적인 화병을 이용했다. 두 개의 부들이 강직하게 서 있으니
선비들의 찻자리에 어울릴 다화다.
使用了树叶做垫子的男性化的花瓶，两个蒲扇及其坚强地站在一边，与书生们的茶
席非常吻合的茶花。

秋

作品 : 張寬鎬
素材 : 글로리오사(嘉兰, Gloriosa superba)
茶室 : 駿惠軒(송양희)

정갈한 마루와 다실 벽 한쪽에 아늑한 등불과 글로리오사 꽃이 자리 잡았다. 밝고 화사
하게 춤이라도 추는 듯한 등과 꽃이 다실에 들어서는 이의 마음부터 설레게 한다.
干净的地板和茶室一边墙，还有静雅的灯火，坐落在一边的嘉兰花，又如跳舞
的灯与花，使人情不自禁。

秋

作品：金泰延(Tea Master & Florist)
素材：청미래덩굴(菝葜, Smilax china), 금관화(金冠花, Asclepias curassavica)

가을을 보내는 짙은 미소가 쓸쓸해 보인다.
길게 흘러내린 청미래덩굴이 나의 지난 시간과 추억을 향수한다.
送走秋天的淡淡的微笑似乎显得很凄凉
长长的向下耷拉的菝葜似乎追想着我的过去。

秋

作品：梁桂順
素材：단풍나무(枫树, Acer palmatum), 노랑소국(黃小菊, Chrysanthemum)

한 잔의 말차를 마시기 위해 친구들을 불렀다. 자신의 몸을 태우는 단풍잎, 가을의 꽃 노랑소국.
이보다 더 좋은 친구가 있을까?
为了喝一杯抹茶叫上了朋友们，燃烧的枫叶，秋天的黄色小菊，再没有什么比这更美好
的了。

秋

作品：金泰延(Tea Master & Florist)
素材：매발톱꽃(尖萼耧斗菜, Aquilegia buergariana var. oxysepala)

시골길에 떨어져 있는 기와 한 장 주워다가 담벼락 사이에 피어난 매발톱 한 송이 꽂으니 다화의 멋이
절로 느껴진다.
把丢在乡间小巷中的一张瓦插在围墙壁上，开出的一朵尖萼耧斗菜，让人感觉到茶花的美丽。

秋

作品 : 金泰延(Tea Master & Florist)
素材 : 소국(小菊, Chrysanthemum)

문살무늬 받침 위에 예쁘고 작은 탕관들을 올렸더
니, 가을을 이별하기 아쉽다는 듯 서로 아우성이다.
在门格垫子上放了漂亮的小汤罐，似乎很难与
秋天分开。

秋

作品：李貞娥
素材：단풍나무(枫树, Acer palmatum), 금잔화(金盏花, Calendula officinalis), 천일
　　 홍(千日红, Gomphrena globose)

온돌방 바닥에 감물 들인 매트 2장을 깔고 그 위에 기왓장을 올렸다. 붉은
단풍의 선을 살리되 천일홍 꽃으로 균형을 잡았다.
在地暖板上铺上两张柿子颜色的垫子，在其上面放了瓦片。用红色
的枫叶，用千日红花使其线条更佳美丽。

秋

作品 : 朴藝瑟(Park Ye Sul)
素材 : 용담초(龙胆草, Gentiana scabra Bunge)

화분에 정성스럽게 가꾼 용담초 화분과 나무 램프, 찻잔……. 전체적으로 색의 조화를 일치시켜 자연스럽게 찻자리를 꾸몄다.
在花瓶里很用心养的龙胆草的花盆和灯、茶杯、整体上把色的协调弄的一致，形成了一个非常自然的茶席。

秋

作品：梁桂順

素材：꽈리(黃姑娘, Physalis alkekengi), 스타티스(Limonium sinuatum), 소국(小菊, Chrysanthemum), 먼나무(冬青, Ilex rotunda)

찻상에 감물 들인 연잎매트를 깔고, 세련미가 넘치는 대나무 소쿠리를 올려본다. 위아래로 흐르는 꽈리가 균형을 이루며 만냥금 열매와 조화를 이룬다.

在茶座上放一个染了柿子颜色的莲藕叶，在上面放一个竹子铺篮，上下用黄姑娘与果实保持协调。

秋

作品 : 金泰延(Tea Master & Florist)
素材 : 드라세나 레인보우(Dracaena concinna 'Tricolor Rainbow'), 금관화(金冠花, Asclepias curassavica), 용버들(旱柳, Salix matsudana)

가을은 너무 짧다. 아름다운 가을을 좀 더 오래 곁에 두고 싶어 넉넉한 중국 자사호 탕관
으로 그 정취를 표현해 보았다.
秋天很短，为了把秋天停留的时间延长一些，用古老的中国紫砂壶表现其情趣。

秋

作品 : 李貞娥
素材 : 루모라고사리(Rumohra adiantiformis), 아스틸베(Astilbe)

갈색 유리 항아리와 갈색 찻잔만 보아도 발효차 한잔 생각이 절로 난다. 유리그릇들과 아스텔베 꽃
으로 모던한 분위기의 찻자리를 연출했다.
看着褐色玻璃坛子和褐色茶杯就像喝上了一杯发酵茶，玻璃器皿和花装饰的感觉很摩登。

秋

作品：金泰延(Tea Master & Florist)
素材：노박덩굴(难蛇藤，Celastrus orbiculatus), 솔리다스터
(Solidaster luteus), 해바라기(向阳花，Helianthus annuus)

알알이 영근 노박덩굴 열매가 줄기에 억지로 붙어 있는 모
습이 안타깝다. 깊이 있고 풍성한 느낌을 주는 작품이다.
粒粒成熟的难蛇藤果实挤在一起的模样太可怜，但
是，给人呈现了富有深度与丰盛。

秋

作品：梁桂順
素材：남천 열매(南天果, Nandina domestica)

기와의 연결고리처럼, 너와 나도 서로를 필요로 한다.
흐르는 야생 담쟁이 넝쿨과 모여 있는 남천 열매가
아름다운 조화를 이룬다.
就好像瓦的链接方式，你和我互相需要，聚在一起
的野生的长青藤蔓与南天果实构成了美好的风景。

秋

作品：金泰延(Tea Master & Florist)
素材：맨드라미(鸡冠花, Celosia cristata), 미국미역취(Solidago serotine),

자연의 섭리를 보여줌으로써, 깊은 사색에 잠기게 하는 작품이다.
告诉人们自然的规律，给人深思的作品。

秋

作品：金泰延(Tea Master & Florist)
素材：향등골(Eupatorium Japonicum Thunb. Ex Murray), 천일홍(千日红, Gomphrena globose),
　　　미국자리공(美国商陆草, Phytolacca Americana)

차를 담는 작은 항아리를 화기로 이용하여 순수하고 청량한 가을의 느낌을 표현했다.
用装茶的小缸子表现了纯粹和清凉的秋天的感觉。

秋

作品：朴藝瑟(Park Ye Sul)
素材：금관화(金冠花, Asclepias curassavica), 황금사철나무(黄颜色马蹄莲, Euonymus Japonica Thunb)

가을을 표현하기 위해 갈색 바구니에 금관화를 꽂았다. 작은 고가구 문짝 위에 놓인 다화와 차삿발 속에 피어나는 말차 유화가 시선을 끈다.
为了表示秋天，用褐色篮子里插了金冠花和小的古典家具门上面的茶花与茶碗中开起来的抹茶泡沫 尤其引人注目。

秋

作品 : 金泰延(Tea Master & Florist)
素材 : 미국낙상홍(Ilex Verticillata), 소국(小菊, Chrysanthemum)

마른 들깨나무와 빨강 열매, 야생화 소재로 가을 들녘을 연출했다.
晒干了的野芝麻与红色的果实，演出了一幕野地秋天的晚上。

秋

作品 : 張寬鎬
素材 : 왁스플라워(蜡花, Chamelaucium uncinatum)

테이블 중앙의 센터피스에 왁스플라워를 장식하여 가을의 풍성함을 표현했다. 황차의 탕색과 꽃이 조화를 이루다.
在桌子中央的裝飾物 上面装饰着 蜡花，表现了秋天的丰盛。黄茶汤的颜色与花协调一致。

秋

作品：李貞娥
素材：영산홍(映山红, Rhododendron indicum), 천일홍(千日红, Gomphrena globose)

찻상에 올려진 다화를 보며 편히 앉아 차 한 잔 마시니 그야말로 가을의 맛이다.
看着放在茶桌上的茶花，很舒适的喝上一杯茶，这才是秋天的味道。

秋

作品 : 金泰延(Tea Master & Florist)
素材 : 갈대(芦苇, Phragmites communis), 미국
낙산홍(Ilex verticillata), 느티나무(Zelkova serrata)

피크닉 들차회 찻자리에 어울리는 다화다. 꽃을
마음껏 살려 풍성하고 멋진 계절을 표현했다.
是适合于野游品茶会茶席的茶花，充分的
表现了丰盛又潇洒的季节特征。

秋

作品：梁桂順
素材：나리(百合, Lilium tigrinum), 갈대(芦苇, Phragmites communis)

가늘게 휜 갈대의 선이 오랜 기다림을 표현하는 듯하다. 주황색 나리가 기다림의 완성을 노래하고 있다.
婉曲纤细的线条表示了悠久的等待，朱黄色百合歌唱着悠久等待的结束。

秋

作品 : 金泰延(Tea Master & Florist)
素材 : 미니코스모스(小波斯菊, Cosmos bipinnatus), 맥문아재비(Ophiopogon jaburan)

가냘픈 코스모스도 어느덧 대부분 떠나가고, 마지막 두 송이만 남아서 늦은 가을의 흔적을 되새기고 있다.
细弱的波斯菊不知道什么时间走的，只剩下最后二朵，回味着晚秋的痕迹。

秋

作品：金泰延(Tea Master & Florist)
素材：맨드라미(鸡冠花，Celosia cristata)

조금은 낭만적인 선으로 표현했다. 클래식한 백자 다기로 따뜻한 차 한 잔을 나누고 싶
게 만드는 찻자리다.
表示的有点浪漫，有一股冲动那就是在经典的白瓷杯上斟一杯茶。

作品：李貞娥
素材：석류(石榴, Punica granata), 공작초(Aster spp.)

빨갛게 달려 있는 석류가 한번에 눈길을 잡아끈다. 긴 꽃병 아래 놓인 빨강 찻잔이 재롱을
부리고 있다.
在火红色的石榴枝上面结着一颗石榴非常引人注目，在长长的花瓶下面放着红色的茶杯十分
逗人。

秋

作品：金泰延(Tea Master & Florist)
素材 :|헬리옵시스(Heliopsis helianthoides), 개여뀌
(Persicaria blumei)

한 잎 두 잎 떨어져 날리는 낙엽들……. 신라시대의 토기 화병이 하늘바라기 꽃들과 멋진 하모니를 이룬다.
一片叶子，两片叶子飘落的叶子……。新罗土器望着向日葵构成了美好的合奏。

229

秋

作品：金泰延(Tea Master & Florist)
素材：드라세나 고드세피아나(Dracena godsefflana), 호접란(Phalaenopsis)
茶室：駿惠軒(송양희)

세면기 위의 벽에 걸린 다화……
다실 들어가기 전, 손부터 씻으면서 고개 들어 나를 반기는 다화를 보면서 차실 주인의
정성을 느끼게 된다.
在洗衣台上面挂着的茶花。
进入茶室之前，首先要洗手，然后抬起头的时候就会看见茶花，就知道茶室主
人的精诚。

秋

作品：金泰延(Tea Master & Florist)
素材：베고니아(秋海棠, Begonia), 만수국(Tagetes patula)

창 밖에 홀로 청청한 소나무야!
예쁜 우리 자매 얼굴 좀 보렴……
站在窗户外的松树啊!看看我们漂亮姊妹的脸蛋吧…。进入茶室之前，首先要洗手，然后
抬起头的时候就会看见茶花，就知道茶室主人的精诚。

冬

作品：金泰延(Tea Master & Florist)
素材：조팝나무(绣线菊, Spiraea prunifolia for. simpliciflora)
茶室：駿惠軒(송양희)

말차 다실에 이른 봄 피는 조팝나무 가지를 자연스럽게 듬뿍 꽂았
다. 춥고 길었던 겨울을 빨리 보내고 싶은 마음이다.
在抹茶室里把早春开的绣线菊树枝插得自然且很多，希望漫
长寒冷的冬天快一点过去。

冬

作品：金泰延(Tea Master & Florist)
素材：꽃 양귀비(楊貴妃, Papaver nudicaule), 광나무
(Ligustrum japonicum var. japonicum)

앤티크 화병과 나무받침의 조화를 통해 한국적인
정서를 표현했다. 양귀비의 당당한 모습이 자랑스
럽다.
古典花瓶与树托的协调一致表示了韩国的情
绪，且如杨贵妃的美貌容颜一般。

239

冬

作品 : 金泰延(Tea Master & Florist)
素材 : 남천 잎(南天叶, Nandina domestica), 싸리나무(胡枝子树,
Lespedeza bicolor var. japonica NAKAI),

눈이 살짝 덮인 앙상한 싸리나무와 신라 토기에 담긴 남천
잎들이 초겨울의 느낌을 물씬 풍긴다. 따뜻한 색감의 천으
로 감싸고, 이것과 어울리는 다기를 준비하니 오히려 따스
한 분위기가 연출된다.
上面稍微盖的一层雪胡枝子树和装在初冬的新罗土器
的南天叶子们使人感受到初冬的气息。使用给人温暖
色彩的布环绕着其瓷器，准备了与其相吻合的瓷器凸
显氛围。

作品 : 李贞娥
素材 : 소나무(松树, Pinus densiflora), 솔나리(垂花百合, Lilium cernum), 다래나무(猕猴桃树, Actinidia arguta)

새로이 맞이하는 신년을 위한 찻자리다. 밝은 색 꽃으로 새해의 새 희망을 표현하고, 언제나 변치 않는 품격 있는 소나무를 통해 상서로운 기운을 모셔왔다. 정월에 사용하는 입학 다완에 말차 한 잔 담아 새로운 마음을 다짐한다.
迎新年的茶座，使用了明亮的花，表示了对新年的希望，用不变品格的松树带来吉祥的气息，正月里使用画着鹤的茶碗，装上一杯抹茶，做一年新的打算。

作品：梁桂順
素材：금잔화(金盞花, Calendula officinalis), 강아지풀(狗尾草, Setaria viridis), 광나무(광나무, Ligustrum japonicum var. japonicum), 국수나무(小珍珠花, Stephanandra incisa)

금잔화 한 송이가 따스한 태양과 같이 빛난다. 강아지풀과 국수나무 가지의 선이 균형을 잡고 있다. 정병과 오래된 찻상이 품위를 더한다.
一朵金盏花如同太阳闪光，狗尾草和小珍珠花树枝线条维持着平衡，净瓶与悠久的茶座更具风格。

冬

作品：梁桂順
素材：대나무(竹子, Bambusoideae), 아게라텀(Ageratum houstonianum Mill), 남천(南天, Nandina domestica)

정원 모퉁이에 자리 잡은 둥근 돌 수반이 엄마의 품속과 같다. 부드러움 속에서 심지가
곧은 오죽의 성품이 자라남을 표현했다.
坐落在庭院角落的圆形石头花瓶如同母亲的怀抱，描述了在温暖中成长着意志
很坚强的乌竹的品性。

冬

作品 : 梁桂順
素材 : 부바르디아(Bouvardia longiflora), 남천 잎(南天叶,
　　　 Nandina domestica)

자사호 앤티크 다관이 매력적이다. 복잡한 모든 생각을
접어두고 편히 앉아 차 한 잔으로 휴식을 취한다.
紫砂壺古典的茶罐非常具有魅力，暂时放下复杂
的心事，舒适的坐着享受一杯茶，休息休息。

冬

作品：朴藝瑟(Park Ye Sul)
素材：다육식물(多肉植物), 구절초(九節草, Chrysanthemum zawadskii var. latilobum)

생존력이 강한 다육식물을 작은 화분에 심고, 선이 아래로 흘러내리도록 정성스럽게 가꾸었
다. 구절초 꽃으로 장식하니 화분 자체로 싱그럽고 생명력이 넘치는 다화가 된다.
把生存力很强的多肉植物种在小的花盆里面，做到线下垂，用九節草花裝饰了花
盆，是充满生命力的茶花。

冬

作品：張寬鎬
素材：목련(木蓮, Magnolia kobus), 튤립(郁金香, Tulipa gesneriana)
茶室 ： 駿惠軒 (송양희)

미처 피지 못한 봉오리 상태의 목련과 노랑 튤립 한 송이로 차실 입구 벽면을 장식하여
이른 봄을 알리고 있다. 고풍스러운 가구, 이런 가구와 어울리는 화병 또한 한껏 멋을 부
리고 있다.
还未开的花苞状态的木莲和黄郁金香告诉人们春天的到来，古典式家具与其相
吻合的家具花瓶又更显其美丽。

冬

作品：張寬鎬
素材：범부채(射干, Iris domestica), 아게라텀(Ageratum houstonianum Mill),

범부채로 수직의 선을 시원스럽게 살리고, 피아노 모양의 화기에 아게라
텀을 장식했다. 백자 찻잔과 화기, 다화가 조화를 이루어 클래식한 분위기
를 자아낸다.
用射干叶子的垂直线弄得非常的舒服，钢琴似的花器上装饰了不老
花，白瓷茶杯和花器、茶花协调的非常古典。

作品：李貞娥

素材：흰말채나무(Cornus alba L.), 대나무(竹子, Bambusoideae), 모과(木瓜, Chaenomeles sinensis Koebhne), 산수국(Hydrangea serrata)

은행잎 지는 소리도 들리고, 한 잎 두 잎 단풍잎 떨어지는 소리도 들린다. 뒤뜰의 낡은 벤치 위에서 한 해를 마무리 한다.
即能听见银杏叶子落下来的声音，也能听到后院里枫叶飘落的声音，在后院的长椅子上面结束了一年的生命。.

冬

作品：金泰延(Tea Master & Florist)
素材：천일홍(千日紅, Gomphrena globose), 베고니아(秋海棠, Begonia)

세이지 꽃으로 라인을 강조했다. 겨울의 색상과 질감을 고려한 보이차 찻자리용 다화이다.
使用花鼠尾草花强调了弧线，强调冬天的色彩和质感的茶花。

作品 : 金泰延(Tea Master & Florist)
素材 : 지고페탈룸 마케이(Zygopetalum mackayi)

말차 사발 안에 곱게 핀 차의 빛깔이 바쁜 현대인들의 마음을 잠깐 쉬게 한다. 입구가 좁은 화기에는 누구나 쉽게 꽃을 꽂을 수 있다. 다만 이때는 단순한 꽃을 선택하는 것이 효과적이다.

在抹茶碗里开的非常好看的茶花的色泽美景为忙碌的现代人提供了一份休闲，花器插口小的地方谁都容易插花，这时候就单纯的选好花就可以了。

作品：金泰延(Tea Master & Florist)
素材：솔리다스터(Solidaster luteus), 심비디움(Cymbidium)

따뜻한 질감과 강렬한 느낌을 주는 용수염이 모차르트의 왈츠가 흘러나오는 12월
의 밤을 절로 느끼게 한다.
给人以温暖的质感和强烈感觉的龙须，使我们自然想到莫扎特的华尔
兹——十二月的深夜。

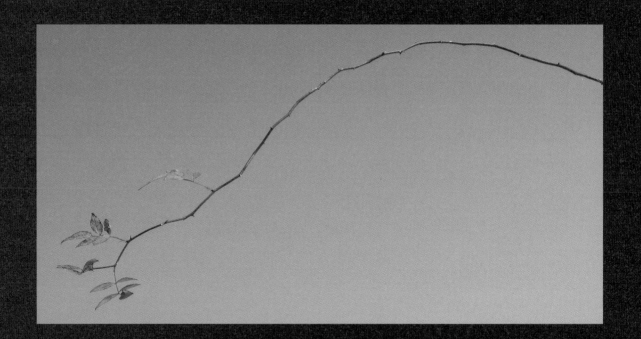

冬

作品：金泰延(Tea Master & Florist)
素材：과꽃(翠菊, Callistephus chinensis), 광나무(Ligustrum japonicum var. japonicum)

지나가는 계절을 아쉬워하면서 많이 절제된 표현으로 꽃을 꽂 았다. 그래도 멋스러운 나무뿌리 받침이 부족한 것을 채워준다.
非常舍不得季节的过去，没有欲望，插了极其节制的花，而且这样潇洒的树根填补了不足。

冬

作品：張寬鎬
素材：수선화(水仙花, Narcissus pseudonarcissus)

청초한 한 송이 수선화와 그 줄기의 선이 이루는 조화가 보는 이를 설레게 한다. 수선화가 피면
봄이 멀지 않다.
一朵清秀的水仙花和其茎协调一致使人非常激动，如果水仙花开了，那么春天就近了。

素材 : 수선화(水仙花, Narcissus pseudonarcissus), 남
천 잎(南天叶, Nandina domestica)

소담스럽게 남천 잎을 펼쳐 두고, 여기에 수선화로
수직의 선을 살렸다. 모시 천을 자연스럽게 펼치니
과하지도 모자라지도 않은 찻자리가 된다.
把一个非常惹人喜爱的南天叶子铺开，在这
里，使得垂直线活了。很自然地铺开了苎麻
布，展示了不多不少的非常节制的茶席。

作品：金泰延(Tea Master & Florist)
素材：나리(Lilium hybridum), 소나무(松树, Pinus densiflora), 왁스플라워(蜡花, Chamelaucium uncinatum), 잎
새란(즈叶, Phormium 'Variegatum'), 황금 둥근측백(Thuja occidentalis 'Aurea Nana')

오엽송 가지가 망태기 밖으로 빠져 나왔기에 전체적으로 작품의 볼륨이 크다. 나리꽃을 꽂은 후에 왁
스플라워로 속이 보이지 않도록 마무리하고, 좀더 부드러움을 주기 위해 잎새란을 이용해 꽃 뒤 위쪽
으로 선을 살려주었다.
红果松树枝向外挤了出来，所以从整体上看作品外观很大。插上百合花之后用蜡花使得不被
看见，而且把兰叶向上展现了更温柔的感觉。

冬

作品 : 金泰延(Tea Master & Florist)
素材 :|맥시칸 부시 세이지(墨西哥鼠尾草, Salvia leucantha), 황금사철나무(黄颜色马蹄莲,
Euonymus Japonica Thunb)

긴 다식 그릇에 담긴 여섯 개의 촛불이 인상적이다. 따뜻한 겨울에 청결하고 산
뜻한 느낌으로 차를 마실 수 있는 찻자리이다.
在长茶食器皿装了六个蜡烛，比较有印象，在寒冷的冬天能喝上一杯又
清爽又新鲜的茶。.

冬

作品 : 金泰延(Tea Master & Florist)
素材 : 동백(冬柏, Camellia japonica)

고향에 대한 그리움을 생각하면서, 동백꽃의 곡선 라인으로 한국적인 미를
살려서 표현했다.
对故乡的眷恋，用韩国方式把冬柏花的曲线美表现出来了。

冬

作品：張寬鎬
素材：산다소니아(宮灯百合, Sandersonia aurantiaca)

워머 속의 불빛이 은은하다. 한겨울, 따스한 차의 향기가 보는 것만으로도 전해진다.
加温器里面的灯光隐隐约约，在寒冷的冬天能闻着温暖的茶香味也够了。

冬

作品：梁桂順

素材：상수리나무(麻栎树, Quercus acutissima), 소국(小菊, Chrysanthemum), 맥문아재비(Ophiopogon jaburan)

정사각의 틀 안에 다화를 준비했다. 베어진 상수리나무에 남은 그루터기가 연상된다. 오래된 망태기 안에서 노란 소국이 빛나는 별이 되어 꽃을 피운다.
正四角形的框架子里面准备了茶花与麻栎树树枝，很久以前的大网兜里面的黄菊变成了闪亮的星星开花。

作品：李貞娥
素材：단풍나무(枫树，Acer palmatum), 금잔화(金盏花, Calendula officinalis), 천일홍(千日红，Gomphrena globose)

한 폭의 그림처럼 가늘게 늘어진 단풍잎. 낡은 기와지붕 바라보며 지나가는 세월을 반추한다.
就好像一幅画，细细的低垂的枫叶，望着古老的瓦房回味那过去的岁月。

冬

作品 : 梁桂順
素材 : 모과(木瓜, Chaenomeles sinensis Koebhne),
　　　노랑꽃 카라(Zantedeschia elliottiana), 황금사
　　　철나무(黃颜色马蹄莲, Euonymus Japonica
　　　Thunb), 스키미아(Skimmia japonica)

현란한 색깔도, 아름다운 풍채도 없는 한 개의
모과를 향해 주변의 소품들이 일제히 합창을 하
고 있다.
向着既没有绚烂的颜色，也没有美丽风采
的木瓜，周围的花儿小玩意儿们都在合
唱。

冬

作品：張寬鎬
素材：공작초(Symphyotrichum novi-belgii), 하이페리쿰(Hypericum
        androsaemum)

크리스마스를 위한 찻자리요 다화다. 예수의 탄생을 축하하는
긴 촛대의 촛불과 보라 공작이 만났다. 공작 꼬리를 연출한 하이
페리쿰이 예수의 탄생을 기뻐하고, 이에 호응하여 공작새가 춤
을 추는 듯하다.
为圣诞节准备的茶座、茶花、庆贺耶稣诞生的长蜡烛和藕
荷色孔雀尾巴，庆贺耶稣的诞生，为此孔雀在跳舞。

冬

作品 : 李貞娥
素材 : 포인세티아(Euphorbia pulcherrima)

아주 조용히 나의 길을 간다.
나에게 주신 사명을 향해⋯⋯ 오늘도 나의 길을 간다.
非常安靜的走自己的人生。
向着賦予我的使命⋯今天我也是走我的人生。

冬

作品：張寬鎬
素材：알리움(Allium gigantium)
茶室：駿惠軒(송양희)

다구를 보관하는 탁자 위에 촛대와 홍차 다구 세트를 올려 두었다. 이것들만 있었다면 뭔가 심심할
텐데, 다화를 같이 꽂아 장식하니 전체적인 조화를 이루면서 다실이 환해진다.
在保管茶具的圆桌上放着蜡烛和成套的红茶套具。如果只有这个，有点无聊，但是与茶花
一起装饰，却会很协调随之茶室也亮起来了。

作品：金泰延(Tea Master & Florist)
素材：아네모네(罌粟秋牡丹, Anemone), 동백(冬柏, Camellia japonica)

험난한 인생길을 헤쳐 온 자연의 생기로, 꽃들은 주위 환경을 일시에 부드럽게 만든다.
한겨울의 붉은 꽃들은 위대하다.
为走艰难人生旅途的人们带来一些自然生机的花儿，一般把周围环境弄得很柔和，特别
是开在冬天里的花儿们。

冬

作品：朴藝瑲(Park Ye Sul)
素材：애니시다(Cytisus scoparitus), 포인세티아(Euphorbia pulcherrima)

노랑 포인세티아 꽃과 눈꽃 모양의 캔들이 우리 가슴에 사랑, 행복, 희망, 꿈을 넘치도록 전한다. 더 받을 것이 없으니 이제 줄 일만 남았다.
黄颜色花和雪花模样的蜡烛传达着我们的爱情、幸福、希望﹑梦想。现在再没有什么可以得到的, 剩下的就是给人家得了。

冬

作品：金泰延(Tea Master & Florist)

성탄을 맞이하여 어둠을 뚫고 밝아오는 환한 빛을 표현했다. 우리의 얽히고 묶인 매듭들도 이제는 아름답게 풀어버릴 시간이다.
表现了迎接圣诞节走过黑暗逐渐变亮的晨光，束缚我们、纠缠我们的结也到了该解开的时候了。

梁桂順

現 (사)세계기독교차문화협회 교육부장
現 일양차문화연구원 교육부장

경력

1976년 태연꽃꽂이학원 입문(부산)

1980년 태연꽃꽂이 사범수료

1981년 다경회 입문

1983년 (사)한국차인연합회 회원 등록

1999년부터 ~ 창작다례 및 '아름다운 찻자리' 작품 발표(10회 이상)

2007년 (사)한국차인연합회 다도대학원 졸업

2008년 (사)한국차인연합회 정립 접빈행다례 교본 동영상(팽주 출연)

2010년 Tea Table Stylist 1급 수료

2013년 일양차문화연구원 茶花연구과정 수료

출품작 수록 페이지 : 42, 45, 65, 73, 99, 109, 129, 134, 142, 149, 163, 174, 187, 196, 205, 221, 245, 246, 248, 269, 278, 282

禮貞 李貞娥

現 (사)한국차인연합회 부회장
現 예원유치원 원장
現 (사)세계기독교차문화협회 서울예정지부장

경력

1980년 사단법인 화공회꽃꽂이 입문

· 회원전시회(10회 이상)

· 꽃꽂이 회원발간집 저서 다수

· 화공회 꽃꽂이 연구사범(예정화훼장)

1994년 (사)한국차인연합회 다도대학원 최고과정 수료

2006년 ~ 창작다례 및 '아름다운 찻자리' 작품 발표(10회 이상)

2011년 ~ 서울시교육청 네크워크사업 동부 유아예절 중심유치원

2013년 Tea Table Stylist 1급 수료

2014년 일양차문화연구원 茶花연구과정 수료

수상

2000년 "다도 교육을 통한 인성교육 함양" 교육장 표창

2013년 12월 서울시교육청 유아다례 중심유치원 교육부장관 표창

2014년 2월 한국을 빛낸 100명의 인물 "전통다도" 부문 대상 수상
            (국민행복시대, 언론인연합협의회)

2014년 12월 15일 올해의 차인상 수상(한국차인연합회)

출품작 수록 페이지 : 40, 47, 66, 74, 80, 96, 107, 115, 124, 140, 145, 155, 180,
                193, 200, 216, 226, 243, 256, 280, 287

張寬鎬

現 자연유치원 원장
現 (사)한국차인연합회 관호정차회 회장
現 (사)세계기독교차문화협회 서울관호정지부장

경력

1992년 (전)이솝유치원 설립

1997년 (현)자연유치원 설립

1999년~현재까지 유아다례 교육 지도

2005년 (사)한국차인연합회 다도대학원 및 최고정사 졸업

2006년 ~ 창작다례 및 '아름다운 찻자리' 작품 발표(10회 이상)

2013년 Tea Table Stylist 1급 자격 수료

2014년 일양차문화연구원 茶花연구과정 수료

수상

서울북부교육장상 수상

교육부장관상 수상

출품작 수록 페이지 : 38, 48, 50, 77, 83, 103, 118, 133, 138, 160, 171, 177, 179, 183, 215, 253, 255, 267, 276, 284, 289

四季節茶花

初版 1刷 印刷 2015年 3月 23日
初版 1刷 發行 2015年 3月 27日

著者 金泰延
編輯 一羊茶文化研究院(T. 031-511-3122)
撮影 Studio Soophoto

펴낸이 김환기
펴낸곳 도서출판 이른아침
주 소 서울시 마포구 마포대로4다길 8(마포동) 경인빌딩 3층
전 화 02)3143-7995
팩 스 02)3143-7996
등 록 2003년 9월 30일 제 313-2003-00324호
이메일 booksorie@naver.com

ISBN 978-89-6745-045-8 03810
정가 39,000원